Valéry Bonneau

Valéry Bonneau

UNE TARTE DANS LA GUEULE

ROMAN

Texte intégral

Cet ouvrage est publié sous la licence

CC BY-NC-ND 3.0 FR

ISBN-13: 979-10-93869-00-1

A mon père et ma mère.
A Marie-Pierre et Aline.

Pour Marie Lange.

Valéry Bonneau

Un merci spécial à Titi dont j'ai croisé le chemin un soir d'inauguration mémorable.

REMERCIEMENTS

L'écriture est une activité solitaire qui ne peut se pratiquer seul. Ce livre n'existerait pas sans Marie Lange. J'écris pour moi certes, mais en pensant à elle.

Ce livre en serait toujours à la page cinq si Philippe Beer Gabel ne m'avait pas fait lire « the artist's way » un jour de janvier 2014.

Ce roman aurait quatre-vingt chapitres de trop et une bonne cinquantaine de pages de moins si Anthony Foret n'avait joué le rôle d'éditeur avec tant de clairvoyance.

Ce livre aurait des centaines de virgules en moins et beaucoup de fautes en plus si Valérie n'avait relevé avec une rigueur admirable toutes les erreurs de ponctuation et autres contresens.

Merci à Julien pour son premier retour enthousiaste. Merci à Julie pour ses corrections qui errent entre Nantes et Paris. Merci à Charly, Sémi et Michael pour leur assiduité pendant la diffusion en feuilleton. Merci encore à Yoann et Audrey qui n'aiment pas toujours ce que j'écris, mais continuent à le relire et le critiquer inlassablement.

CHAPITRE 1 | DROIT DANS LE SOLEIL

Il m'a mis une tarte dans la gueule le con ! A dix heures du matin. Quand le mec est entré, j'avoue, je ne me suis douté de rien. Son regard était tellement triste. Il avait l'œil vide du condamné à mort. Mais un condamné qui a déjà accepté, pas un qui va se rebeller. J'ai le nez pour ces trucs-là. Quinze ans de bar, je sais les repérer les dépressifs, les fatigués, les usés par la vie. Une heure plus tard, il me collait une droite à m'en décrocher la mâchoire. Je dis une heure mais je devrais dire huit bières plus tard. Un mec qui s'enquille huit bières à dix heures du matin, dans un bar, ce n'est pas exactement original. Pourtant j'aurais dû me méfier, car il n'avait pas le profil du pochtron type. Mais s'il faut se méfier de tout le monde, on n'en sort plus.

Quand même, une tarte pareille, j'aurais dû la voir venir. Mais il ne disait rien, il commandait juste son godet, poliment : « une bière s'il vous plait, merci ». A la septième, il tanguait bien un peu mais rien d'anormal et il avait toujours ce regard de chien battu, non, pas de chien battu, de zombie. C'est ça, on aurait

3

dit un zombie. Notez que j'ai jamais vu de zombies, mais c'est sûrement à ça qu'ils ressembleraient. Le mec était mort dedans. Complètement mort. Comment je pouvais prévoir qu'il allait faire une résurrection express ? Et pas une façon Jésus pour tendre l'autre joue, non, une ambiance Gladiator pour me flanquer une tarte dans la gueule.

Tout ça parce qu'il avait perdu sa femme. D'accord, perdre sa femme, c'est triste mais ce n'est pas une raison pour distribuer des mandales à tout le monde. Surtout à dix heures du matin, sans préavis. C'est pas bon pour le business, pas bon pour le moral. Pas bon non plus pour ma joue gauche, ni pour mon matricule vu que le patron n'a pas aimé le film. Je dis le patron mais je pense « le fumier de patron ». Ce zombie rentre dans le bar, picole huit bières, me pète la gueule, se barre sans payer et mossieur le patron me demande de casquer les bières. Quinze ans que je fais le loufiat, quinze ans que j'ai appris à ramener ma gueule quand les patrons sont de sortie et à la fermer quand ils sont de retour, mais là, ç'a été l'humiliation de trop :

- Ecoutez patron…

– Rien du tout. Bon dieu, t'es pas foutu d'encaisser un client avant qu'il se barre ?

– Comment je pouvais savoir qu'il allait se barrer sans payer ?

– Mais tu te fous de moi ! Quinze ans de métier tu dis ? Quand un mec te commande huit bières à dix plombes du mat', t'as pas une alarme dans ta grosse tête vide qui se déclenche ?

– Il avait l'air sympa.

– Au-delà de cinq bières, y-a plus personne de sympa, si t'as pas encore compris ça, tu le comprendras quand ?

– Il aurait été dix heures du soir, je lui aurais fait payer toutes les trois bières, mais à dix heures du matin, je ne pouvais pas prévoir.

– Soir, matin, après-midi, les pochtrons sont des pochtrons et les connards de loufiats restent des connards de loufiats, merde. Ça fait combien de fois que je te le dis, au-delà de quatre tournées « TU ENCAISSES » !

– Oui mais là, j'ai cru.

– T'as cru, t'as cru, c'est pour ça que je te dis d'encaisser sans réfléchir, parce que dès que tu crois, dès que tu penses, dès que tu réfléchis, c'est Fukushima dans mon bar.

– Oui mais là.

– Je les connais tes excuses : un jour, ils ont une bonne tête, le lendemain t'aimes bien leur accent et la semaine suivante tu trouves que la gamine est mignonne. Si t'étais pas si con, je croirais que tu le fais exprès pour m'emmerder. Mais ce coup-ci tu vas me payer ce qu'il devait !

Je ne sais pas ce qui m'a pris. Je ne suis pas d'un naturel bagarreur, et ça m'a plutôt bien servi dans ce métier pour calmer le jeu, arranger la situation. Mais là, après quinze ans sans ouvrir ma gueule, alors que la claque de l'autre me chauffait encore la joue, j'ai fait un blocage. Moi qui ait dû me battre cinq fois dans ma vie et encore, contraint et forcé, je me suis senti invincible. Je ne peux même pas dire que j'ai eu un coup de sang. Non, j'ai senti venir le truc, lentement, qui montait : « Olive, t'es le plus fort, il ne peut rien t'arriver ». Alors quand il a continué :

- Tu m'écoutes dis ? Cette fois tu vas casquer. Vingt fois que tu me fais le coup, c'est la dernière. Ras-le-bol de jouer les Jean Valjean à réparer tes conneries. Tu vas casquer !

– Je ne crois pas non.

– Tu crois pas ? En plus tu réponds ! Ah merde. Je te dis, moi, que tu vas payer et que si tu ne payes pas, je vais t'apprendre à vivre. A coups de balai s'il le faut.

– Des menaces ? On sait ce que ça vaut les menaces.

J'étais content de ma phrase parce que le type qui m'avait mis la tarte dans la gueule le matin s'était moqué de moi à cause de mes menaces. Je lui avais dit que s'il continuait « j'allais être obligé de le frapper ». Il avait éclaté de rire en gueulant « ahah tu me menaces ? » et quand j'avais demandé pourquoi ça le faisait marrer, il m'avait mis la tarte en expliquant que « les types qui menacent, ils frappent jamais. Faut se méfier de ceux qui parlent pas ». Alors avec ce que le patron venait de me dire, je me sentais très fort. Temporairement.

– Tu te fous de ma gueule en plus. Tu vas voir si c'est de la menace espèce de petit con.

J'avais la joue gauche bien cuite, toute rouge rapport à ce que je venais de prendre. Le patron, il était gaucher, alors il a rétabli l'harmonie. Je ne l'avais pas vu venir non plus celle-là. C'est la journée que je n'avais pas vu venir en fait. Mais c'est tout moi ça, j'ai jamais trop regardé de l'avant. Les choses, je les voyais défiler mais toujours avec un temps de retard. Sans que ça me pose problème d'ailleurs. Jusqu'à trente-cinq ans. Marrant la vie. Jamais eu envie d'indépendance, jamais voulu me frotter à mes patrons, toujours à présenter le bon profil, mais maintenant que les deux profils étaient bien à vifs, j'ai pensé « non ». Pas très longtemps. Ni très fort. Mais comme le patron allait m'en recoller une, je lui ai lancé :

– Je démissionne.

– Parce que tu crois que j'allais te garder après ça ? Allez dégage et que je ne revois plus ta gueule.

J'ai cherché ce que je pouvais faire pour marquer le coup, histoire que mon départ claque un peu. En sortant, je lui ai jeté mon tablier à la gueule. Mais il était trop léger alors il a voleté comme une feuille morte et c'était un peu ridicule. Ça m'a énervé et en passant devant l'armoire à dessert, je l'ai poussée pour la faire tomber. Vachement lourd, ce truc. Bien trop lourd pour moi, alors j'ai fait comme si de rien n'était, j'ai braillé « connard » et je suis parti. La tête haute. Parce qu'à un moment, ça va bien. La tarte de ce mec m'avait ouvert les yeux. J'avais trop baissé la tête, c'était terminé, j'allais regarder droit dans le soleil.

Valéry Bonneau

CHAPITRE 2 | UN PLAN SANS ACCROC

Droit dans le soleil c'est bien, mais faut les lunettes qui vont avec, sinon on devient aveugle. En sortant, le premier sentiment qui m'a envahi, c'est le sentiment de liberté. Ah, quel bonheur ! Aucune contrainte, aucune obligation, j'étais un homme libre, totalement libre.

Ça m'a tenu jusqu'à midi et je me suis aperçu que la liberté n'était qu'une squatteuse dans ma tête. Le vrai sentiment, le propriétaire des lieux, c'était la peur. La peur du lendemain, la peur du découvert, la peur de la réaction de ma femme, la peur du regard de mes parents et la peur de l'inconnu. Mais le temps que la peur reprenne sa place dans ma caboche, y-a eu des allers-retours : liberté, peur, peur, liberté, avantages, inconvénients, avance, arrière. Ça me foutait le trac ambiance « Space Moutain » sans ceinture. Ça tanguait tellement que, vers quatorze heures, j'en étais à me demander si je n'allais pas gerber.

Et puis, je ne sais pas, l'ivresse, la bêtise, l'ignorance, la joie ou encore autre chose, mais j'ai décidé de continuer un peu sur cette histoire de liberté. Trente-cinq balais, un peu de thune de côté, des parents pour aider si besoin, je pouvais peut-être me l'acheter ma liberté. A crédit, mais c'était mieux que rien.

Je m'étais dit pas mal de conneries dans ma vie et j'espérais que celle-là tiendrait un peu plus la marée. Mais pour affronter le gros temps, suffit pas d'un bon bateau et d'une voile solide, faut une équipe et un capitaine de première. J'étais le capitaine, je devais être exemplaire. Ne pas péter un câble en rentrant chez ma femme me paraissait un bon début. Pas gagné, vu que je l'entendais déjà m'agonir d'insultes.

A raison d'ailleurs. Je ne lui avais pas montré grand-chose jusqu'ici. Et elle me mangeait la tête à cause de ça. Mais plus elle croquait, plus je fuyais. Pourtant, je savais qu'elle avait raison : je n'étais pas fainéant, je manquais juste totalement d'ambition. Sûrement parce que je n'avais ni boussole, ni direction à tenir. Mais là, je tenais ma grande idée, ma porte de sortie, ma grande ourse. Alors j'allais lui montrer : j'étais le capitaine, je connaissais le cap et je nous mènerai à bon port.

J'y connaissais que dalle en marine mais ça me paraissait tenir la route. J'allais lui dire à Sylvie : « ne t'inquiète plus, j'ai décidé de changer de vie aujourd'hui. A partir de maintenant, je suis mon propre patron. Je me prends en main et tu verras, tout sera pour le mieux ». Elle ne pouvait pas refuser un deal comme ça, pas possible. La promesse d'un quatre pièces, voire d'une maison pas trop loin de Paname, un homme installé, ça pouvait que lui plaire. Un peu cliché mais après tout, ça correspondait à ma femme. Au début, comme tout le monde, elle avait eu la tête pleine de rêves plus grands que la vie. Ça lui avait passé rapidement. Maintenant, elle aspirait à de grands espaces fermés, et semblait ne plus voir au-delà. Ça m'avait bien arrangé au début : pas d'ambitions glorieuses, pas de plans grandioses, juste une maison spacieuse. Mais comme rien n'arrivait, la pression s'était accrue, jusqu'à me coller au mur de notre petit appartement. Ma réponse avait toujours été la même : « je bosse douze heures par jour, tu veux quoi, que je me suicide au travail pour te payer une pièce de plus » ? En général, ça lui clouait le bec pour quelques jours. Même si elle savait que sur les douze heures de taf, j'en gaspillais bien trois à picoler dans des bars divers et variés.

C'est un sujet pour les sociologues d'ailleurs : je ne connais que les barmans qui passent leurs temps de repos et leurs congés sur leur lieu de travail. Vous imaginez un ouvrier de chez Renault qui resterait le vendredi soir au pied de la chaine de fabrication, ou le comptable qui retournerait au cabinet pour siroter une menthe à l'eau devant son PC ? Personne ne fait ça. Personne sauf les barmans. Et je ne faisais pas exception.

Maintenant, s'il n'y a que les barmans qui le font, c'est bien parce qu'ils bossent dans un bar. Parce que j'en ai vu des ouvriers et des comptables commencer une deuxième journée au bistrot, et s'ils avaient l'air crevé en arrivant, la pompe à gnôle les regonflait rapidement. Jour après jour, premier service à l'usine, deuxième fournée au comptoir.

Et c'est bien ce que ma femme me reprochait. Ça me saoulait, façon de parler, mais je la comprenais. Le comptoir, c'est un vicieux ; il te soutient alors t'as pas l'impression de tomber. Mais quand ta gueule touche le sol, lui, il est à la même place et le sang, la sueur et la honte restent les tiens. Fumier de comptoir. Surtout que le lendemain, envolée la honte, oubliée la gueule de bois : balles neuves et rebelote. Pas gagné dans ces conditions de convaincre Sylvie que notre bonheur était accoudé à ce même comptoir. Pas gagné mais pas impossible.

Le bar que je venais de quitter était situé à Belleville, dans le bas de Belleville. Pour ceux qui ne voient pas, disons que c'est un des derniers endroits presque populaire de Paris. Avec des gens d'un peu toutes les couleurs, un peu tous les styles. Pas de PDG mais du bourgeois qu'a pas encore fui, du populo qu'a pas encore été viré et du bobo qui se tient parce qu'il a pas encore pris possession de tous les lieux. J'adorais ce mélange et j'adorais ce quartier. D'autant que niveau loyer, il était presque abordable. Je dis presque parce que neuf cent euros le petit T3, ce n'était pas des tarifs de smicards mais pour Paris, on restait dans le raisonnable.

Un des avantages d'être barman, c'était le salaire. Maintenant que plus personne n'a de thune, c'est plus compliqué niveau pourboire mais à la grande époque, genre entre mille neuf cent quatre-vingt-quinze et deux mille cinq, ça pouvait rapporter de belles sommes. Mille cinq cent euros de fixe pour quarante-cinq heures, c'était pas Byzance mais je pouvais doubler avec les pourliches et presque tripler quand je confondais la caisse et ma poche.

Ah les combines que j'ai pu monter pour embourber une partie de la recette. Pourtant, les tôliers, ils ont progressé niveau flicage : ticket, caisse enregistreuse, caméra, tout y est passé. Mais il existe toujours une technique. Je vous donne pas mes trucs pour pas griller les copains mais croyez-moi, là où y-a du cash, y-a moyen d'en détourner une partie.

Donc sans être Rockefeller, je m'en étais toujours sorti et plutôt bien. J'avais quelques économies qui me laissaient un peu de temps devant moi : le temps de convaincre Sylvie que mon plan était sans accroc et nous amènerait aux portes de la fortune et de la gloire. Bon, peut-être pas la gloire mais au moins un bout de fortune. J'avais à peine ouvert la porte de notre appart que je réalisais que mon plan partait moyen bien. Après un bref baiser neutre en guise de bonjour, elle a attaqué direct :

- Qu'est-ce que tu fais là ? Il n'est même pas midi.

– J'ai eu… des mots avec le patron.

– Des mots, des mots ? Ça veut rien dire ça. Quels mots ?

– Ben des mots.

– D'accord, tu as eu des mots. Et après il t'a filé une augmentation ?

– Pas exactement.

– Alors ?

– Eh bien on a eu des mots. Des mots durs. Des mots désagréables.

– T'as ouvert ta gueule et il t'a viré c'est ça ? Pourquoi tu ne dis pas les choses, c'est quand même plus simple non ?

Cette agressivité, ou lucidité, d'emblée, m'a fait perdre un peu mes repères. Mon plan ne me semblait plus aussi solide, et dans le doute j'ai laissé mon égo, enfin ma grande gueule prendre les commandes.

- Il m'a pas viré puisque j'ai démissionné. Ah ça te la coupe !

Ça ne lui a pas coupée très longtemps.

- Démissionné ? Mais, mais t'es devenu complètement barjot. Démissionné ? Mais qu'il est con. Mais c'est pas vrai.

C'était pourtant pas la première fois que je quittais une place. Pour tout dire, je partais assez souvent. Dans ce métier ça va, ça vient et il y a toujours des patrons qui cherchent des bons serveurs. Mais, crise oblige, les salaires vont plutôt à la baisse. J'avais une bonne place, près de l'appart, bien payée, sans trop d'emmerdes (du moins jusqu'à cette tarte dans la gueule). La démission ressemblait plus à une mission suicide qu'à une assurance vie.

- Ecoute, c'est pas la première fois.

– C'est pas la première fois mais t'as plus vingt ans et t'as un fils, je te rappelle.

– Oui et alors, à un an, il ne demande pas déjà mille euros d'argent de poche si ?

– Il demande du temps, de l'attention et plein de pognon. Le médecin, les couches, le pédiatre, la crèche, tu vas les payer comment ?

– J'aimerais déjà que tu m'expliques pourquoi on payerait la crèche pour s'occuper de notre gamin vu que t'as que ça à foutre de tes journées.

– D'une, je voudrais bien t'y voir moi à rien foutre comme tu dis. Et de deux, tu vas t'en occuper tiens, ça me fera des vacances.

La situation prenait un tournant désagréable et totalement à l'opposé de ce que j'avais prévu. Je devais inverser la tendance le plus rapidement possible.

- Mais heu non je ne peux pas.

– Et pourquoi tu ne peux pas, t'as démissionné non ? T'es attendu ce soir ? Demain ?

– Non mais…

– Alors voilà monsieur le chef de famille qui joue les étudiants attardés : je me donne trente jours pour trouver du boulot. Pour ramener de la thune à ta place. Pendant ce temps-là, tu t'occuperas du petit puisque tu n'auras rien de mieux à faire.

Et bim, elle m'a collé le petit dans les bras.

- Et je me casse boire un coup avec mes copines parce que j'en ai un peu marre de laver, torcher toute la journée pour un ingrat.

Et elle s'est barrée. Troisième tarte de la journée, et il n'était pas midi.

Valéry Bonneau

CHAPITRE 3 | UN MOIS DE REPOS

Toutes ces tartes avaient au moins un effet positif : j'allais passer un mois avec mon fils. Un mois entier. Trente jours quoi. Avec un gamin de douze mois. Qui marchait à peine, enfin juste ce qu'il faut pour s'inquiéter, ne parlait pas, ne faisait rien d'autre que des areuh areuh. Une heure par jour, c'était le paradis, vingt-quatre heures sur vingt-quatre, on s'approchait déjà plus de l'enfer.

Je l'aimais mon fiston, pas de doute mais j'avais été élevé à l'ancienne : l'homme s'occupe de ramener la maille et la femme d'élever les gosses. Je savais que c'était ringard et plus vraiment à la mode. Je luttais un peu contre la facilité, mais je penchais souvent du mauvais côté du manche. Avec la décision de Sylvie, j'allais en être quitte pour connaitre un peu plus mon môme. Elle avait réagi de manière expéditive mais elle ne changerait pas d'avis – autant espérer que l'eau de pluie ait goût de pommard.

Trente jours avec Clément, mon petit Clément que je connaissais si peu. Et que je n'avais pas prévu de connaitre si bien si tôt. Un enfant, un fils surtout, c'est du bonheur : jouer au foot, aller au cinéma, peut-être même boire un coup avec lui ; mais pas tout de suite, pas à un an. Qu'est-ce que j'allais pouvoir faire avec mon môme de douze mois. Manquerait plus que Sylvie nous dégote un pur boulot très bien payé et que je sois rivé là toute ma vie. Non pas possible ! Y-a pas une heure j'allais manger le monde, et là je me retrouvais le nez dans les couches.

Je déposais doucement Clément dans son lit, sans le réveiller. Toujours ça de gagné. En allant me poser dans le salon, une petite binouse à la main, j'ai eu un flash. Je venais de trouver le moyen de supporter cette période. Ma bonne vieille PS3. Trente jours de jeu et je monterai à l'assaut du monde à partir du trente et unième. Dieu aussi s'est reposé ; lui c'était après avoir bossé, mais c'est dieu quand même, on ne peut pas comparer.

La naïveté, c'est souvent de l'ignorance et mon rêve de PlayStation était basé là-dessus : prendre soin de mon gosse pendant une heure par jour et me détendre le reste du temps. J'avais vu juste mais à l'envers. Il fallait tout le temps être derrière Clément. Il n'allait pas loin, pas vite mais en permanence, avec un démarrage de préférence dans les cinq secondes où je tournais la tête. Il avait bien un parc, mais il s'ennuyait très rapidement, et quand il s'ennuyait, il pleurait. Si vous êtes adepte des jeux vidéos, vous savez qu'interrompre une partie, c'est pas bon niveau concentration. Là, j'avais à peine le temps de buter un zombie que Clément réclamait, au choix, biberon, sieste, attention, petit pot.

Sylvie ayant rajouté dans mes tâches journalières, le ménage et la tenue de la maison, je n'avais plus un instant à moi. J'étais nul pour la lessive, le repassage, la bouffe et le ménage. Oh je vous vois venir : « infâme macho ». D'une, oui, j'étais un gros macho, infâme peut-être pas, mais un macho. Et avant de m'y coller, je pensais que les femmes étaient faites pour ça et nous non. Nettoyer la merde, c'était leur truc, pas le nôtre. Trente jours à baigner dans la merde m'ont débouché les sinus et le reste. J'étais aussi peu fait pour ça qu'elles. Elles avaient plus l'habitude parce que les hommes ne foutaient rien et qu'il fallait bien que quelqu'un s'y colle. Mais le trentième jour, ce qui me demandait une heure au début se torchait en dix minutes.

J'ai pu me détendre autour de quelques bonnes parties de jeu à partir du vingt-cinquième jour. Pas exactement du loisir intégral mais moins l'esclavage qu'au début. Trente jours pourtant, c'est rien : trente jours de bonheur ou trente jours de bagne, quand on se retourne, c'est une paille. Et j'avais survécu. Plutôt bien si on considère que le premier jour, j'étais prêt à me jeter du balcon et le trentième, j'aurais presque demandé ma carte d'homme au foyer. N'allez pas en déduire que femme au foyer, c'est un boulot de rêve. Je tenais la maison selon mes critères et c'était souvent un sujet de friction. Mais je me plaisais à être un peu le responsable de la maison, de ce qu'on y mangeait, de comment on y vivait. Chaque soir, comme un bon mari aimant, j'attendais le retour de ma petite femme :

- Bonsoir ma chérie.

– 'soir.

– Alors ça a été ?

– D'après toi ?

– Ah, si mal que ça ?

– Tu sais combien y-a de chômeurs en France ?

– Heu, trois millions ?

– Non, ça c'est le chiffre auquel on croit tant qu'on ne cherche pas de travail. Je te parle du vrai en comptant tout le monde.

– Ah ben non alors.

– Cinq millions. Cinq millions de personnes qui cherchent du taf comme moi.

– Oui mais à Paris, il y a plus boulot à Paris non ?

– Mais à Paris pareil. Y-a plus de boulot mais aussi plus de gens qui cherchent.

– Aucune piste alors ?

– Ça te plait hein, de remuer le couteau dans la plaie.

Faut vous dire qu'au début, quand c'était l'enfer avec Clément, je me moquais un peu. Et j'espérais qu'elle allait lâcher prise et me rendre ma liberté. J'avais la remarque un peu taquine, limite ironique. Au fil des jours, à mesure que je trouvais ma place, je lui demandais toujours si elle avait trouvé mais sincèrement. Plutôt avec l'espoir qu'elle trouve, pour que je puisse continuer encore un peu mon boulot de père au foyer. Mais quand tu commences à te moquer des gens, ils se souviennent que de ça. Ils impriment bien cette partie et ne voient plus le reste. Décidément, changer, c'est un métier.

- Mais t'as pas eu une piste ?

– Ah des pistes, j'en ai eu mais elles mènent toutes dans une fosse à purin : caissière à six cent euros par mois pour trois heures le matin, deux heures l'après-midi comme ça ta journée est bien foutue. Manutentionnaire, oui, apparemment le chômeur a le dos fragile, mais il se trouve que moi aussi. Reste hôtesse d'accueil mais faut des nichons plus gros que les miens.

Là, j'ai pensé « et surtout un peu plus haut ». Et je m'en suis voulu parce que c'était dégueulasse et à peine vrai mais je commençais à lui en vouloir de ne pas réussir.

- Et c'est tout ?

– C'est tout ! C'est tout ! Non, mais pour les autres postes, ceux qui demandent un bac, ils ont des légions de bac plus 5 qui poireautent.

– Rien alors ?

– Si, femme de ménage mais là aussi, trois heures le matin, trois heures le soir, ta journée est morte et ton patron te donne royalement huit cent euros par mois. Pas avec ça que je vais faire vivre un mari fainéant et un gamin vorace.

Si vous avez été confronté au monde de l'emploi, tout ça vous le saviez avant de lire le compte rendu de Sylvie. Mais nous, on ne savait rien : elle avait toujours trouvé des boulots décents, et de mon côté, le bar, c'est un des rares milieux sans chômage. Certes à Paris, les Sri-Lankais, Pakistanais, Indiens ont envahi les cuisines mais en salle, visibles, devant le client, on dirait que c'est moins présentable alors il faut du bon petit blanc. Marrant, parce que si j'étais raciste, je crois que je préférerais que le noir me serve la bouffe plutôt qu'il ne me la prépare. Mais je ne dois pas être assez raciste pour comprendre. Ou peut-être que ce sont juste les patrons de bar qui sont racistes. Pas assez racistes pour refuser d'embaucher deux noirs pour le prix d'un blanc, mais bien assez pour les confiner hors de vue du populo. Tout ça pour dire que la crise de l'emploi, on n'avait pas trop connue. Le retour à la réalité était pénible.

Pénible pour tous les deux. J'avais à peine épousé la forme de mon nouveau rôle qu'il fallait en changer. Un mois sans rentrée d'argent, c'était jouable. Au-delà, ça devenait compliqué. Compliqué si je voulais mener à bien mon autre projet. Que j'avais oublié. Enfin, entreposé dans ma tête comme un costard d'été en plein hiver. Mais même en hiver, on peut se balader en costard en flanelle, suffit de prendre sur soi.

- Ecoute ma chérie, j'ai eu une idée pour la suite.

– Dis-moi tout.

Fallait la jouer en finesse, amener le projet étape par étape, lui donner envie d'en savoir plus pour qu'elle finisse par donner son accord presque sans s'en rendre compte.

- Je pensais monter un bar restaurant avec Franck et Sébastien.

La réponse a fusé, comme une nouvelle claque :

- T'as pas trouvé plus con ?

La finesse, les coups à trois bandes, je n'étais pas né pour ça.

- Plus con non mais sur tes cinq millions de chômeurs, il y en a bien trois d'alcooliques, sans compter les bosseurs qui picolent pour oublier. Les bars, ça peut plus couler de nos jours, c'est du sérieux, du garanti. Repas le midi, apéro le soir et dans cinq ans, à nous la belle vie.

La belle vie, quelle expression à la con. Ça voulait dire quoi la belle vie, surtout quand elle était pour plus tard ? Juste que ta vie aujourd'hui, c'était de la merde. Mais « aujourd'hui j'ai les pieds dans la merde, demain mon cul sentira la lavande » sonnait moins conte de fée, alors je restais sur « à nous la belle vie ». Demain. Après-demain, enfin, un autre jour. Sylvie, pas désarmée par mon enthousiasme, a repris l'offensive.

- Tu veux gaspiller l'argent de Clément pour aller te pochtronner avec tes copains ?

– Je veux rien gaspiller du tout, y-a cinquante mille euros de disponibles, si on n'en fait rien, si on ne se bouge pas, on va les croquer en étant au chômage ! Autant se mettre à bosser et le faire fructifier.

– T'es passé au crédit mutuel ? T'as vu une pub de la société générale ?

– Pourquoi ?

– Tu parles comme un banquier. Un banquier de publicité.

– Tant mieux si je parle comme eux parce qu'il faudra bien qu'on se comprenne si on veut leur emprunter un peu.

– Ah parce que siphonner l'argent des études de Clément, c'est pas assez, faudra aussi que t'en empruntes ?

– Pas forcément, ça dépendra de ce que Seb et Franck peuvent mettre.

Je la sentais fléchir un peu. Pas exactement convaincue mais presque rassurée d'envisager une porte de sortie.

- Je, je ne sais pas, vous ne faites quand même pas une super équipe, c'est dangereux. Faudrait un associé sobre dans le lot.

– Si y-a que ça, je te promets de me mettre à la diète le temps que ça démarre.

Vu ma consommation d'alcool sur les dix dernières années, je me sentais dans la peau de Florent Pagny s'engageant à payer ses impôts. La promesse était osée, voire carrément illusoire. Je picolais moins depuis un mois, Clément oblige. J'oubliais juste que ne pas picoler entre un biberon et une compote, ça n'a rien à voir avec ne pas picoler derrière un comptoir de bistrot. Pas grave, la volonté peut faire des miracles. Et l'étape une restait de convaincre Sylvie.

- Mais il serait où ton bar ? Ouvert quand ?

– Dans le quartier. Il y-a plein d'opportunités en ce moment. Ça bouge pas mal. Franck serait aux fourneaux et Seb et moi on tiendrait la salle et le bar. Ce serait pas mal de boulot mais je sais qu'on peut y arriver. On peut mettre cent cinquante mille euros et revendre ça deux cent cinquante ou trois cent mille dans cinq ou six ans.

J'ai senti que le chiffrage faisait son effet. Comme quoi les chiffres, on leur fait dire et faire ce qu'on veut. Je n'avais pas regardé, je n'avais aucune idée de ce que je racontais. J'entendais souvent des patrons ou collègues parler des chiffres de ventes, d'achat, de plus-value mais sorti des additions, les chiffres, ce n'était pas mon truc. Mais si d'autres faisaient la culbute, moi, qui étais aussi bosseur qu'un autre, je pouvais y arriver. J'ai fini par la convaincre. Pas tant parce que mon plan était sans faille, que parce qu'il était notre seule chance. Je pouvais retourner faire le serveur mais c'était du court terme et un jour je serais trop vieux, trop cher ou trop cassé. A trente-cinq ans, j'avais encore de la marge mais l'expérience de Sylvie, ces cinq millions de chômeurs qui semblaient systématiquement postuler aux mêmes offres qu'elle, l'avait traumatisée.

Valéry Bonneau

CHAPITRE 4 | BANQUIERS ET ASSOCIÉS

J'appelai Seb et Franck et leur donnai rendez-vous aux folies. De Belleville, pas de Pigalle. Si vous n'êtes pas du coin, les folies de Pigalle furent un haut lieu de la drogue, de la baise, des travestis, des fêtards de tout poil. A force de descente de police, d'overdose et de voisins procéduriers, l'endroit avait perdu de son brillant mais restait à éviter pour discuter. Les folies de Belleville au contraire, était le lieu idéal pour un apéro : bistrot populaire avec maxi terrasse pour mini prix, tenu par des Kabyles depuis 1852 ou un truc dans le genre. Je repérai Seb et Franck en terrasse. Visiblement, ils avaient quelques tournées d'avance. Une bise pour Franck, petit mec, sec, aussi nerveux qu'excellent cuistot.

- Salut les mecs. Franck.

– Salut mec.

Une bise pour Seb, petit aussi, mais pas sec et aussi nerveux qu'un chamallow. Serveur nonchalant qui inspirait spontanément la sympathie.

- Seb, ça roule ?

– Ça roule. Trancool. Et toi ?

– Ça roulerait mieux si t'arrêtais ce genre d'expression mais ça roule ouais.

Les hostilités pouvaient commencer.

- Alors t'as eu une permission ? demanda Franck.

Plus les vannes étaient lourdes plus ça le faisait marrer. Quinze ans que je tentais de le raisonner, en vain.

- Laisse tomber les blagues carambar, j'ai mieux que ça. Si je me débrouille bien, c'est la quille.

– Merde raconte !

Ils me prenaient un peu au sérieux, c'était déjà ça. J'ai déballé toute l'idée, trancool et y-a eu un silence là où j'attendais des cris de joie.

- Ça n'a pas l'air de vous mettre en transe.

– Si, moi je suis partant, à fond partant. Sur le principe parce que niveau oseille, j'ai pas une thune.

– Et toi Seb ?

– Moi, je vous suis où vous voulez, vous me connaissez, j'vais pas vous planter. Je suis. Mais j'ai pas une thune non plus.

– Mais vous parlez tout le temps de prendre votre retraite, de partir. Vous dites toujours « avec ce que j'ai de côté ».

– Phrase d'alcoolique mon gars. Pas vrai Seb ?

– On boit, on discute, on refait le monde, c'est normal non ? Reste que j'ai pas d'oseille.

Passer de cent cinquante mille euros de budget à cinquante mille en deux tournées de binouzes, ça faisait cher la bière pour le bar le moins cher de Paris.

- Rien ? Même pas, genre dix ou vingt mille que vous pourriez taper à vos familles ?

Franck, vexé, a démarré au quart de tour :

- De quelles familles tu nous parles ? C'est quand la dernière fois que tu m'as entendu parler de ma famille ?

– Je te demande pas d'habiter avec eux, juste de voir si tu peux récupérer dix ou vingt mille. T'en serais pas capable ?

– En élargissant un peu l'arbre généalogique, y-a peut-être moyen. Mais ça m'emballe pas des masses.

Il a repris une gorgée de bière.

- Et merde ! après tout pourquoi pas. C'est pas tous les jours qu'on me propose d'être à mon compte. Je vais contacter deux, trois personnes. Allez, je gère, je gère.

– Voilà qui est parlé !

Franck avait une grande gueule, énorme même et un égo encore plus démesuré. Le titiller sur sa capacité à faire, c'était l'assurance qu'il allait essayer. Problème, Franck avait aussi peu de mémoire qu'il avait d'orgueil et finissait souvent par passer à autre chose. Rien de garanti, mais au moins on allait dans la bonne direction.

- Et toi Seb ?

– Moi, moi, j'aimerais bien les mecs. Faudrait que je tape ma mère. Mais sans que mon père l'apprenne. Dix mille peut-être. Mais ils ne seraient pas à moi, faudrait que je les rembourse. Mais dix mille ouais, peut-être.

Je l'ai encouragé.

- Dix mille, ça le fait. Avec dix mille, on peut emprunter vingt mille à la banque.

– Bon bah si on va par-là, je dois pouvoir. A la cool, Raoul.

-Tu sais que plus personne ne dit « à la cool Raoul

» depuis, tiens, depuis que le dernier Raoul est mort, en 1975.

– Super les vannes les mecs, super.

Cinquante mille plus vingt mille, ça nous faisait du soixante-dix mille euros. La banque allait bien nous prêter cent cinquante mille euros. Avec deux cent vingt mille balles, y-avait moyen d'acheter un bistrot sympa, d'en faire un lieu cool. Ce que je pressentais se confirmait : cette claque était un signe du destin. Une bonne torgnole pour me mettre dans le droit chemin et m'indiquer la route.

La route m'amenait chez le banquier. Je vous dirais bien que je n'aimais pas les banquiers, mais comme personne ne les aime, ça n'apporterait pas grand-chose. J'avais besoin d'eux, je me suis bouché le nez et direction Crédit général, Société mutuelle et autre Crédit Nantais.

Première visite à la BNTP. Le conseiller trônait dans son petit bureau en verre. Avec son petit costume mal taillé, sa petite cravate nouée sur sa petite chemise Yves Dorsey. Une caricature. On parle de banquier, mais les mecs qui vous reçoivent sont des employés, des sous-fifres, des larbins. Des loufiats comme moi, mais nous on ne se la raconte pas. Ou moins.

Il me fit signe d'entrer, sans bouger de son bureau, à travers sa vitre. Avec un grand sourire, bien large, bien avenant. Sûrement un sourire d'hypocrite mais ça m'a mis en confiance quand même.

- Monsieur Pécherot, bonjour et bienvenue.

– Monsieur Sicard.

– Alors ma secrétaire m'a dit que vous aviez un

projet en tête ?

De quelle secrétaire parlait-il ? J'avais bien eu une machine qui m'avait demandé de taper 1 pour le rdv le lundi 16h00 et 2 pour le mardi 15h00, mais pas de secrétaire. Je n'allais pas le contrarier avant de lui demander le pognon. Je me suis assis et j'ai acquiescé :

- Oui, voilà, comme j'ai dit à votre secrétaire, je voudrais ouvrir un bar.

– Un bar, ah mais c'est très bien ça ! Vous voulez devenir votre propre patron hein ?

– Voilà.

On n'était plus à l'école mais c'est pourtant l'impression que ça donnait. Il me parlait comme un prof parle à un élève un peu niais. Je m'en voulais d'être intimidé. Ce qu'une cravate et un costard, même minables, peuvent faire quand même.

- On a tous envie de ça, à un moment ou à un autre non ? Ma femme, pas plus tard que l'année dernière a repris ses études.

Elle pouvait bien passer un CAP couture en cours du soir ou un master en finance, je venais pour moi, pas pour sa bonne femme. Je tentais de recadrer la discussion.

- Alors voilà, je cherche un emplacement.

-L'emplacement, c'est important. Primordial l'emplacement ! J'ai un oncle qui a ouvert un magasin de fleurs à Marseille ! Eh bien, il a fait faillite.

– Pourquoi ?

Merde, je voulais recadrer sur moi.

- Le vent soufflait dans la mauvaise direction. Il régnait une odeur de poisson dans son magasin de fleurs.

– Elle venait d'où l'odeur de poisson ?

– De la poissonnerie juste à côté.

D'accord, son oncle était complètement con. Quel rapport avec moi ? Je regardais son poisson rouge derrière lui pour tenter de montrer mon désintérêt sans être trop lourd. Il s'est retourné et a repris :

- Mais revenons à vous. Vous souhaitez l'ouvrir où votre bar ?

– A Belleville.

– Ah Belleville, bon endroit ça, populaire, mais avec des habitants de plus en plus riches pourrait-on dire. Non, c'est bien.

– Voilà, bon endroit, bonne clientèle.

– Bien, mais c'est très bien ça. Et vous auriez des associés ?

– Oui, deux.

– Très bien, c'est important les associés. C'est un peu comme les pieds d'un tabouret, s'il en manque un, le tabouret est bancal. Une chaise encore avec un pied de moins, elle peut supporter. Un fauteuil, un pied de moins, ce n'est pas forcément gênant, mais le tabouret, c'est trois pieds. Pas un de moins. Pas un de plus non plus, sinon ça fait une chaise.

Merde, je ne comprenais rien à ce que me racontait le col blanc. Heureusement, il s'est vite repris.

- Et alors, dites-moi, en quoi la BNTP peut-elle vous aider ?

Instant T, heure H, jour J ; pas le moment M pour se planter. Diplomatie et tact en rafale.

- J'aurais besoin d'argent pour le financement.

Il a levé un sourcil, a joué au mec surpris. Pourtant, je montais un bar, il ne s'attendait pas à ce que je lui propose le poste de cuistot ou que je lui commande un livre de recettes ? Le sourcil est resté en l'air et il a continué :

- Ça irait chercher dans les combiens ce bar ?

– J'ai cinquante mille euros de côté, mes associés vingt mille et comme il nous faut dans les deux cent vingt mille euros pour démarrer tranquillement, j'avais pensé emprunter cent cinquante mille euros.

J'aurai pissé dans le bocal de son poisson rouge en chantant « le téléphone pleure» qu'il n'aurait pas eu l'air plus surpris.

- Houla, houla ! reprenons, parce que ce sont de sacrées sommes tout de même.

– Oui mais…

Là, il s'est mis sur son PC et sur le coup je n'ai pas remarqué mais le sourire a disparu. Un peu comme quand le boucher se retourne pour préparer l'entrecôte, son sourire commercial n'a plus de raison d'être. Là, pareil, sauf que l'entrecôte était assise en face du boucher.

- Vous apportez donc soixante-dix mille. C'est votre première affaire ?

– Oui.

– Et vos partenaires ?

– Pareil.

Il fronçait les sourcils. De plus en plus fort. C'en était ridicule.

- Soixante-dix mille euros ? Pour un bar en plus. Les bars vous savez, les bars… J'ai une nièce qui a ouvert un bar, eh bien, elle a fermé. Bon, elle ne vendait pas d'alcool. Ni de coca d'ailleurs, elle détestait le coca. Elle mettait en avant le jus de brocolis et le nectar de topinambour. Elle a fait faillite. Un bar pur aujourd'hui, c'est compliqué. Très compliqué.

— Mais…

— Mais vous ferez à manger peut-être ?

— Oui, brasserie le midi et bar restaurant le soir. Et on vendra de l'alcool. Et du coca. Et pas de nectar de légume.

— Ah il faut le dire alors. Restaurant, c'est plus rassurant que bar. Bien. Bien.

Ça lui a défroncé les sourcils pendant quelques instants, quelques secondes, je devrais dire.

- Notez que j'ai un client qui a ouvert un restaurant l'année dernière et il a fait faillite aussi.

— Il vendait des côtes de bœufs dans une communauté végétarienne ?

— Ah monsieur a de l'humour, c'est bien, il en faut quand on fait faillite. Et qui fera la cuisine alors ?

— Un de mes associés est cuisinier de formation.

— Un bon j'espère, ahahah.

— Oui, un très bon, et très travailleur.

Je ne voyais pas l'intérêt de préciser qu'il était aussi alcoolique que travailleur.

- Bien. Dans Belleville donc.

Froncement.

- Oui, Belleville reste un quartier à risque.

— Mais vous venez de me dire…

— C'est la machine-là qui me dit ça. Je ne fais que vous répéter ce que me dit la machine.

— Ah…

— Alors, hop, hop et… bon, je pense qu'on peut vous prêter, si votre dossier tient la route bien sûr, soixante mille euros.

— Soixante mille ? Mais c'est moins que ce que j'apporte.

– Ah mais oui mais vous savez, c'est la crise. Et pour une première affaire, c'est la règle.

– Oui mais c'est pour une première affaire que j'en ai besoin. Pour la deuxième, en général, on a l'argent de la première.

J'ai senti que ma remarque était tombée bien à plat. Je l'importunais, je ne l'intéressais déjà plus. Le froncement ne quittait plus ses sourcils.

- Ecoutez, je ne fais pas les règles, c'est la machine.

Il s'est détourné de son PC, le sourire de commande est revenu et il m'a regardé droit dans les yeux pour me signifier que les discussions étaient terminées. Qu'on pouvait régler la paperasse mais que pour la négociation, la machine avait tranché. Après la tournée à trente mille euros, je me cognais un rendez-vous à quatre-vingt-dix mille euros, ça commençait à faire beaucoup. Encore deux rendez-vous, et je devrais faire la manche pour m'acheter un panini.

Valéry Bonneau

CHAPITRE 5 | UN COMPTABLE DE COMPTOIR

Je ne me suis pas découragé, pas si vite, pas déjà. J'ai rencontré encore quatre banquiers, tous dans leur bocal. Même sourire, même costard, même engouement à nous aider et même prêt minable. Ça me laissait avec un budget de cent vingt à cent quarante mille euros. Il y avait moyen de faire quelque chose. Pas de quoi acheter le café de Flore mais qu'est-ce que j'irais acheter ce bar de ringards ? C'était assez pour dégoter un petit bar sympa dans mon quartier. Alors je me suis mis en chasse. Sylvie avait lâché prise dans sa recherche et sa rage se reportait sur moi. Pas qu'elle soit désagréable, mais elle comptait sur mon succès pour la venger. Je n'avais jamais trop été le prince charmant pour elle, alors sa confiance me boostait. Pas question de la décevoir une fois de plus. J'allais nous construire une belle situation.

J'ai visité une dizaine d'endroits, tous entre Ménilmontant et la place du colonel Fabien. J'étais en terrain connu, mais ça ne collait jamais: trop petit, trop cher, trop mal placé, trop crado. Certains proprios louent des trucs dans des états : j'ai vu un bouiboui rue de la Grange aux Belles, tellement sale que j'ai pensé qu'il y avait erreur. Quand j'ai expliqué au proprio que je n'ouvrais pas une boutique de dératiseurs, il a juste précisé qu'il n'avait pas de temps à perdre. Dix endroits, pas un pour rattraper l'autre, merci Paname. Avec cent trente mille euros à Nantes ou à Toulouse, je pouvais racheter la mairie, ici, même pas quarante mètres carrés de bistrot.

Chaque jour rendait la recherche plus pénible pour tout le monde : Sylvie, qui, sans désespérer de moi s'impatientait, Franck et Seb que je sentais de moins en moins motivés, mes parents perplexes depuis le début et moi qui devais parfois me toucher la joue pour me rappeler d'où tout cela était parti.

A force de chercher, j'ai fini par trouver. Un endroit pas super grand, mais bien situé : place Sainte Marthe. Une place cachée de Paname, comme un goût du panier de Marseille. Le « garnement » était en faillite et le mec en demandait quatre-vingt mille euros. Il y avait un paquet de travaux, mais je pouvais m'y coller pour faire baisser la note et notre budget suffirait. Je devrais dire mon budget parce que Franck avait péniblement trouvé cinq mille euros, mais attendait une confirmation qui ne venait pas et Seb cherchait toujours. Mais le lieu me plaisait, même s'il sentait le vieux et le moisi. J'avais trouvé mon endroit. A partir de là, tout allait se mettre en place, c'était obligé.

J'ai contacté le vendeur et quinze jours plus tard, je signais un compromis de vente qui me laissait six semaines pour trouver l'argent. En cas d'échec, les vendeurs me soulageraient de vingt mille euros. Comme ça, en passant. Mais avec cinq banques derrière moi, je n'étais pas prêt d'entendre « non ». J'étais aussi zen qu'un moine tibétain de retour de thalasso.

J'étais surtout très con. Un banquier qui te dit ok, c'est comme un dentiste qui te promet que ça ne fera pas mal. Ça fait partie de son métier, s'il te disait autre chose, tu partirais. Je n'avais pas intégré cette nuance. Les cinq banquiers m'ont tenu le même discours à commencer par le premier :

- Ah bonjour, monsieur Pécherot, alors ça avance ?

– Très bien. J'ai même signé un compromis de vente.

– Ah mais c'est parfait, parfait. Dites-moi tout.

– Il s'agit du « Garnement », place Sainte Marthe, quatre-vingt mille euros de fonds de commerce plus vingt mille de travaux plus vingt mille pour fonctionner le temps que ça démarre.

– Bien, bien. Et vous amenez donc quatre-vingt mille euros c'est ça ?

J'avais promis quatre-vingt mille et je me ramenais avec un peu plus de cinquante mille. Fallait la jouer fine pour faire passer la pilule, la pilule à trente mille euros. Mais pour une banque, trente mille euros c'est quoi ? Une minute de bénéfice ? Une seconde ? Pas de quoi s'inquiéter.

- Mon apport se montera plutôt à cinquante mille euros. Mais mes associés pourront apporter plus par la suite.

Il a tiqué. Tout de suite. Et fort. Vulgairement. Ostensiblement.

- La suite, la suite, c'est bien, mais encore faut-il démarrer. Vous souhaitez donc emprunter soixante-dix mille euro ? C'est une somme.

Il est retourné sur son PC, a pris son air le plus absorbé, a pianoté un peu et a relevé la tête pour m'annoncer fièrement :

- Selon la simulation, on doit pouvoir vous prêter quarante mille euros.

Quarante mille euros ? Si je n'avais pas eu le nom de la banque sous les yeux, j'aurais pu croire être entré chez Emmaüs.

- Mais il va manquer trente mille !

– Oui mais là, on est au limite de la simulation. Je peux faire une demande à quarante-cinq mille mais il faudra des garanties solides.

Il manquerait encore vingt-cinq mille euros. Je pouvais toujours faire un cofidis ou un cetelem ou taper mes parents, mais ça m'emballait moyen.

- Et bien sûr, il faudra remplir un « business plan » solide.

« Bien sûr », j'ai répondu l'air dégagé. Business plan ? De quoi il me parlait ? On faisait des plans sur le business ? T'as même pas démarré que déjà tu fais des plans ? J'ai dit oui, forcément. Comme le dentiste joue son jeu, le patient, quand le dentiste lui affirme « alors vous voyez, vous n'avez rien senti », même s'il a envie de pleurer, qu'il a eu l'impression de revivre « une carie à Dachau », il part en disant « Non rien senti, merci docteur ».

On dira ce qu'on veut des banques mais elles fonctionnent toutes sur le même principe et j'ai rencontré des problèmes similaires dans chacune d'entre elles : « on vous aide si vous arrivez à prouver que vous n'avez pas besoin de notre aide ». J'imaginais le bordel si les médecins, les cuisiniers, les garagistes fonctionnaient de la même manière…

Il me manquait donc vingt-cinq mille euros et un business plan. Je crois que le « business plan » me faisait encore plus peur alors j'ai jeté un œil sur internet. Miracle, ils y avaient plein de sites qui vendaient des « business plan » à partir de quarante-neuf euros. Ça valait vraiment pas le coup de s'inquiéter. Comme je ne savais pas du tout lequel choisir, j'ai opté pour un des plus chers. Les trucs trop bradés sur internet, ça sentait l'arnaque. J'ai lâché cent cinquante euros sur votrebusinessplan.fr. Cent cinquante euros pour en emprunter près de cinquante mille à une banque, ce deal me paraissait une bonne affaire.

Quelques clics plus tard et je me trouvais devant deux documents : un fichier word et un fichier excel. Des fichiers totalement vides. Ils contenaient plein de rubriques, de sous rubriques mais tout devait être rempli. Je pensais avoir acheté du champagne et je me retrouvais devant une grappe de raisin et un mode d'emploi en braille. La cuite n'était pas pour tout de suite. Je continuais à parcourir les fichiers dans l'espoir de les décrypter: trésorerie, je comprenais à peu près, mais pas « plan de financement », « besoin en fond de roulement », « actif », « passif », « prévisionnel ». Les mots défilaient et je me sentais dyslexique option chinois. Saleté d'internet qui venait encore de me vendre une arnaque.

Je n'y arriverais pas tout seul. Il me fallait de l'aide. Qui était assez tordu pour comprendre des trucs pareils ? Un comptable peut-être ? Oui, sûrement. Qui, dans mes anciens clients était comptable ? Ah tiens, monsieur Gerbaulet était comptable. Et je savais où il trainait à 8h30, 12h00 et 17h30 du lundi au vendredi.

L'avantage des alcooliques ordinaires, c'est que tu sais toujours où les trouver. Ils ne partent pas en virée, ne vont pas faire la fiesta dans des endroits improbables, ne connaissent pas la tournée des grands ducs. Non, ils ont le vin fonctionnaire, la cuite administrative et l'ivresse protocolaire. Monsieur Gerbaulet, comptable chez exacompta depuis trois décennies, prenait trois blancs à 8 heures 30, rue de Sambre-et-Meuse, en allant bosser. Il se mettait deux pastis et un demi-litre de rouge le midi, sur le quai de Jemmapes dans un bistrot justement nommé « Le Jemmapes ». Le soir, en rentrant, il s'arrêtait rue Claude Vellefaux pour finir la journée sur cinq bières, trois pastis et éventuellement, les jours de grands vents, un ou deux pastis supplémentaires.

Contrairement au fêtard, qu'il vaut mieux croiser en début de cuite qu'en fin, l'état de l'alcoolique ordinaire s'améliore avec sa consommation d'alcool Avant qu'il n'ait sa dose, il est maussade, irritable, contrarié, limite soupe-au-lait. En fin de journée, alors qu'il se demande s'il va s'en jeter un quinzième ou pas, il est presque guilleret, léger – sans être aérien non plus.

J'attendais monsieur Gerbaulet rue Claude Vellefaux à partir de 17h00. Je m'installais au comptoir, seul lieu digne d'un alcoolique qui se respecte et m'en jetai deux-trois avec le patron. 17h30 pétantes, monsieur Gerbaulet entra. Sans son nez en chou-fleur et son teint couleur fraise, il aurait eu de l'allure. A cette heure, sa dose du midi s'étant presque évaporée, ce n'était pas le moment de faire des propositions, sauf pour une injection réparatrice :

- Bonjour, monsieur Gerbaulet.

– Ah tiens, Olivier. Qu'est-ce que tu fais-là ? Tu vas bien ?

– Bien et vous ?

Le patron lui avait servi une bière en le voyant entrer et il la porta à ses lèvres sans mot dire, en vida la moitié d'un trait.

- Merci. On fait aller. Tu travailles plus au faubourg ?

– Non, j'ai démissionné le mois dernier.

– Ah, il me semblait bien.

Certains bistrots faisaient partie de ses tournées du week-end. Je le croisais parfois dans mon ancien bar.

- Pas d'ennuis ?

– Non non, tout va très bien.

Deuxième moitié du verre terminée et deuxième verre instantanément servi par le barman. Signe que ce rituel dure depuis un moment déjà. Encore une moitié de demi et je pourrais me lancer.

- Ah ça fait du bien, ajouta-t-il comme s'il n'avait rien bu depuis trois semaines.

– Dites, monsieur Gerbaulet.

– Oui mon garçon ?

– Je me demandais, je suis en train de regarder pour monter une affaire.

– Ah c'est bien ça.

– Oui, je suis content. Mais la banque me demande un, un business plan et je me demandais si vous sauriez ce que c'est, comment ça marche ?

– Bien sûr.

Il l'avait dit sur le ton du boucher à qui on demande s'il pratique toujours les opérations à cœur ouvert sur les enfants. Mais il était comptable. S'il disait qu'il savait, il savait. Il allait pouvoir m'aider, mon bistrot allait se monter.

Mon bistrot allait se monter mais pas tout seul. Le premier business plan que j'avais acheté, il fallait lui remplir les cases, le deuxième il fallait lui remplir le foie. J'ai retrouvé monsieur Gerbaulet le samedi suivant et on a passé la journée au bistrot à essayer de monter ce truc. Vu qu'il avait accepté de ne pas se faire payer, il avait insisté même, je me devais de casquer la bibine. Mais Gerbaulet, le samedi, il se lâchait, c'était double ou triple dose par rapport à la semaine.

On a bossé de 11h00 à 19h00 sans interruption et heureusement qu'on était dans un bistrot bon marché parce que le comptable, il s'est transformé en barrique : six blancs de 11h00 à 12h00, trois bières jusqu'à 12h30, trois ricards avant de manger. Un litre de rouge pendant le repas. Juste pour lui. Deux cognacs pour digérer. De 14h00 à 17h30, il a bien pris huit bières et lorsqu'on s'est quitté, il finissait son troisième ricard. J'en avais servi des pochtrons et je n'étais pas le dernier à m'en jeter un, mais voir de si près un mec boire autant d'alcool sans broncher, ça me donnait le tournis. Gerbaulet avait la carrure de Vanessa Paradis mais il tapait dedans comme Gérard Depardieu. Résultat, le deuxième business plan m'avait couté presqu'aussi cher que le premier. Au moins, il était proprement rempli. Je n'avais pas compris grand-chose mais Gerbaulet m'avait posé plein de questions : chiffre d'affaire, salaire, employés, charges, marchandises, loyer, impôts. Il en ressortait qu'on pouvait espérer faire deux cent mille euros de chiffre d'affaire la première année. Quand j'ai sauté de joie en disant :

- Oh putain, soixante-dix mille balles chacun ! C'est énorme ça !

Il a essayé de m'expliquer que ça ne fonctionnait pas comme ça, que sur deux cent mille euros, il en resterait plutôt soixante-dix mille pour les salaires et qu'il fallait compter les charges et qu'à trois, on tournerait plutôt à seize mille euros chacun comme le montrait le business plan, soit un gros smic. Je me souviens avoir dit oui, je me souviens même des chiffres qu'il a donnés, mais il m'avait mis de l'or dans les yeux et les oreilles, et ça part pas facilement au lavage…

Direction banquiers souriants, pour un troisième et, je l'espérais, dernier passage. Avec remise des business plan aux cinq banques. Tous les banquiers ont entré les chiffres, fait quelques remarques pour la forme, l'air dégagé. Sur les cinq, je n'avais besoin que d'une réponse positive. Un plan parfait. En attendant que l'argent n'arrive, je commençais à en dépenser. La cuisine du « Garnement » était vieillotte et à peine fonctionnelle. Fours, frigos, matériels, ustensiles et vaisselle, je lançais des commandes pour quinze mille euros. Avec les vingt-cinq mille d'acomptes versés à la signature, il me restait quinze mille, vingt mille max avec l'apport de Franck et Seb. Ça se tendait un peu mais je pouvais encore régler deux, trois additions.

Monsieur Gerbaulet m'avait expliqué que je devais attendre d'avoir signé le bail définitif pour faire des achats. Mais avec les temps de livraisons pour ce genre de matériel, j'allais ouvrir l'été suivant. Je voulais faire les travaux cet été pour recevoir les premiers clients dès septembre. Et puis, je la sentais bien embarquée cette histoire de prêt. Mais plutôt que d'acheter du matos, j'aurais dû me faire déboucher les sinus. Les cinq sourires de banquiers étaient devenus au choix, rictus cynique, air gêné, regard distrait ou porte fermée : « pas assez de garanties », « on ne fait plus les bars », « le business plan n'est pas viable » et « Non ».

Je n'arrivais pas à concevoir ces changements d'attitude, je ne comprenais pas pourquoi le lundi c'était « oui » et sourire pour devenir « impossible » et gueule fermée le mardi. C'était plus simple de dire non dès le lundi. Quand un client me demandait un crédit, je ne lui refusais pas le lendemain, alors qu'il en était à cinquante euros de bibine. Je commençais à saisir que mon monde et celui des banques étaient totalement différents, mais il me manquait des pièces au puzzle. Je ne comprenais rien, si ce n'est que j'étais dans la merde. Que j'allais devoir trouver, oui c'est ça, trouver quarante mille euros, là tout de suite, enfin dans les dix jours. Heureusement, quand tout part en sucette, il reste toujours un dernier recours : les parents.

CHAPITRE 6 | FRANCO

Paris, c'était toute ma vie. Nanterre, toute mon enfance. Une enfance sans relief particulier. Ni riche, ni pauvre, ni triste, ni heureux. Le temps qui passe entre un père de la vieille école, vous savez, le genre qui ne dit pas « je t'aime ». Employé, puis cadre à la SCNF, il avait le service public dans le sang presqu'au même titre que le vin rouge. Un bon père pour les standards de l'époque. Absent, mais moins que les autres, et pas violent lorsqu'il était présent. Une mère au foyer, un peu clichée, qui s'occupait de ses trois enfants : un frère de cinq ans mon aîné, devenu architecte, fierté de la famille. Une sœur plus âgée de trois ans, transparente, gentille, élevée dans l'idée que les femmes font le ménage et le bonheur de leur mari. Trente-cinq ans plus tard, elle était multi divorcée avec quatre enfants de trois pères différents mais très semblables au niveau de la connerie.

Rien qui mérite qu'on en parle finalement. Une famille tout le monde, une famille normale, comme toutes les autres.

Niveau financier par contre, mon père ne s'était pas trop mal démerdé. Pas avec son salaire : cadre à la SNCF, c'était bien mais pas de quoi se la jouer gros richard. Il avait juste eu un peu de flair au niveau de l'immobilier. Comme mes parents étaient devenus propriétaires tôt, puisque c'était le rêve des familles comme il faut de l'époque, il avait su faire ce que les autres familles n'avaient pas fait : acheter et revendre pour profiter de belles plus-values. La famille avait déménagé cinq, six fois en vingt ans, en restant dans les mêmes quinze pâtés de maisons. Jamais compris d'où mon père avait tenu ce génie de l'achat/revente. Pas dans son éducation, pas dans son travail. Mystère.

Comme il n'avait pas l'appât du gain non plus, il s'était cantonné à améliorer l'ordinaire : là où un autre aurait pu devenir un des plus gros propriétaires de Nanterre, il vivait dans une maison très au-dessus de son standing actuel et ses économies tournaient autour des cent cinquante mille euros. Papa avait de la caillasse et j'espérais en profiter un peu. La poursuite de mon rêve passait par son compte en banque. Et coup de chance, j'avais de bonnes relations avec eux. Apaisées. Je n'attendais aucun drame particulier, j'étais serein en leur disant bonjour.

- P'pa, m'man.

Avec ce qu'il jetait dedans, à soixante ans, mon père en paraissait soixante-dix. Mais aujourd'hui, il avait l'air particulièrement fatigué.

- Tout va bien ?

Tout allait bien. Autant aller droit au but, je ne savais pas enrober. Et puis, s'ils y a des gens avec qui on peut se permettre de ne pas enrober, ce sont bien ses parents.

- J'ai un service à vous demander.

– Si on peut t'aider, on t'aidera, tu le sais bien, a dit maman.

Voilà ce que j'avais besoin d'entendre.

- Bon, je vais lancer mon affaire. J'ai racheté un bar avec Seb et Franck et on ouvre à la rentrée.

Acquiescement discret, « c'est bien » de politesse, pas exactement l'enthousiasme que j'attendais mais rien de grave.

- Et les banques m'ont planté. Vous les connaissez, les banques, les fumiers de banquiers et tout là.

Mon père démarrait au quart de tour sur les banques. Il a toussé un « enculé de banquier », m'a souri.

- Et du coup, il me manque un peu d'argent.

Hochement de tête des deux parents.

- Pour ouvrir.

Hochement, plus ferme, mais toujours pas un mot.

- Voilà. Si je ne trouve pas cinquante mille euros avant la fin de la semaine prochaine, tout part en sucette.

Le hochement a laissé place à des yeux taille XXL aussi j'ai continué :

- J'avais pensé que vous pourriez me les avancer. Pendant quelques mois, le temps qu'on se lance. Le comptable nous a dit qu'on pourrait se faire soixante-dix mille euros par an, donc à tous les trois on pourrait vous rembourser rapidement. Dans l'année quoi.

Ils se jetaient des petits coups d'œil de temps en temps mais je ne pigeais toujours rien. C'était quoi l'embrouille ?

- Vous ne dites rien, vous ne voulez pas c'est ça ?

Ma mère a semblé prendre son courage à deux mains.

- Ecoute mon chéri, ce n'est pas qu'on ne veut pas. Mais on ne peut pas. Enfin pas cinquante mille euros en tous cas.

D'où ils ne pouvaient pas ? Cent cinquante mille balles à la banque, j'avais assez entendu mon père s'en vanter : pour nos vieux jours, pour les coups durs. Et alors, c'était pas un coup dur pour moi ?

- Ah d'accord, bon. Très bien. Je ne voyais pas ça comme ça mais ok.

Maman avait dit « pas cinquante mille ». Je pouvais racler quelques milliers d'euros malgré tout.

- Et alors, vous pourriez me prêter combien ?

– Dix mille euros ? Oui, on pourrait te prêter dix mille euros.

Dix mille euros. J'aurais dû être content, mais non. Bordel ils étaient où les cent quarante mille euros manquants ?

- Je ne comprends pas. Vous avez perdu de l'argent ?

– Ton père a fait un investissement malheureux. Tu sais avec la crise, on a, comment dire, on a fait une erreur et.

– Vous avez perdu 140 000 euros ? Non mais c'est pas vrai ! Vous avez joué notre héritage ? Ne me dites pas que c'est une banque qui vous a arnaqué !

– Non mon chéri. Personne ne nous a arnaqués. C'est la vie, parfois, parfois ça ne tourne pas comme on avait prévu.

Tu m'étonnes. 140 000 balles, envolés, évaporés. Quelle connerie.

- Bon, je voudrais bien rester pleurer avec vous là mais il me reste dix jours pour trouver quarante mille euros donc je peux pas faire grasse mat tout le temps.

Je leur en voulais. Merde, les parents, ça devrait toujours être là pour ses enfants non ? Mais les miens me plantaient au moment crucial. Dix mille euros. Je me sentais orphelin. Mes parents venaient de me déshériter ou tout comme. On était jeudi. Il me restait sept jours pour trouver l'argent manquant. Même en réduisant le budget au maximum, en faisant des efforts à droite à gauche, il manquerait toujours trente mille euros.

J'avais menti à Sylvie en lui expliquant que mes parents avaient accepté de tout me prêter. C'était con et puéril, mais je ne me voyais pas la décevoir une fois de plus. Je picolais moins, je croyais plus en mon étoile. Ça restait très con de mentir à ma femme sur un sujet qu'elle pouvait évoquer à tout moment avec ma mère. D'autant qu'elles s'entendaient bien et se parlaient souvent. Je venais d'allumer une bombe à mèche très courte.

Même Cofidis et les autres m'avaient refusé des prêts. Je pensais m'en sortir en leur prenant chacun dix mille mais rien, pas un n'avait accepté parce que je ne pouvais pas produire de fiche de paye et de certificat d'employeur. Merde ! Pour acheter des armes, c'est royal au bar, mais pour monter un business sérieux, que dalle. Qui a dit que la chance souriait aux audacieux ?

Il me restait une dernière piste. Une piste que j'avais tout fait pour éviter : mon frangin. Mon frangin et moi, c'était pas le grand amour. Comme beaucoup de frères, vous me direz mais là, c'était un cran au-dessus. Nous tenions plus d'Abel et Caïn que de Laurel et Hardy. On se voyait généralement deux, trois fois par an aux réunions de famille. Jamais en dehors. J'avais autant envie de lui demander un service que de me greffer une couille sur le nez, mais il me fallait l'argent.

Monsieur l'architecte créchait derrière les Buttes Chaumont. Il y avait tout un tas de petites ruelles, des « villa » comme ils appellent ça. La classe internationale : ta baraque avec jardin en plein Paname. Architecte, mon frelot avait conçu les plans de sa maison qui en jetait sévèrement. Mais je me sentais toujours diminué en franchissant les portes. Le message était clair : j'habite un palace et vous, un taudis. Il m'accueillit d'un glacial :

- Bonjour Olivier.

Il n'y avait que lui pour m'appeler Olivier sur ce ton. On aurait cru que mon prénom sentait le moisi. Il le prononçait comme on ramasse une crotte de chien : avec des gants, contraint et forcé.

- Eric.

– Qu'est ce qui me vaut l'honneur de ta visite ?

– Avec plaisir. Je prendrai une bière, merci.

Il m'énervait, plus que tout. Au bout de deux minutes, je voulais déjà être désagréable, le choquer, le faire sortir de ses gonds.

- Mais bien sûr. Et je manque à tous mes devoirs : assieds-toi donc.

Il revint avec une bière et un verre d'eau. Pour bien me signifier que la rencontre n'allait pas durer. Pas d'apéro entre frangins.

- Alors ?

Connard. Il allait me faire payer son aide. Au prix fort.

- Alors voilà, j'ouvre un bar restaurant place Sainte Marthe à la rentrée.

Je lui aurais annoncé que j'allais vendre du maïs grillé à la sortie du métro, il aurait eu le même air dédaigneux.

- Et ?

Et je suis venu pour te faire bouffer mon premier épi par le cul, connard ! Ce mec me rendait fou.

- Et il me manque de l'argent.

Apparition d'un petit rictus, très léger, très subtil ambiance : je vois une ouverture, mais je ne vais pas m'abaisser à me réjouir ouvertement.

- Ah, alors tu n'ouvres pas un restaurant, tu as le projet d'ouvrir un restaurant. C'est assez différent.

– Non, non, je te dis que je l'ouvre à la rentrée. Je signe jeudi prochain.

– Avec quel argent, a-t-il demandé sur le même ton « balai dans le cul » ?

– Le mien, le mien. Et justement, il manque encore un peu.

– Combien ?

– Idéalement quarante mille euros.

Il a très lentement posé son verre d'eau sur la table, ses coudes sur ses jambes, ses mains devant sa bouche et :

- Je ne comprends pas. S'il te manque quarante mille euros, tu ne peux pas l'acheter.

Connard.

- C'est pour ça que je suis ici.

– Et tu as combien toi ?

Super connard.

- J'ai soixante-cinq mille, le restaurant coûte quatre-vingt mille euros, il y a besoin de vingt mille pour les travaux, matériels.

– Donc si je comprends bien, tu viens me proposer d'être ton associé, c'est ça ?

Non, je viens te proposer de t'étouffer dans ton vomi, connard !

- J'avais plus pensé que tu pourrais me les prêter.

– Ah, rien que ça. La vie est belle.

Il n'a pas résisté. Il a souri, avec mépris.

- C'est amusant. Tu vas rire. Si on avait de bons rapports, je ne me poserais pas de questions et je signerais maintenant. Quarante mille euros après tout, qu'est-ce que c'est ?

C'est mon avenir, connard.

- Mais considérant notre niveau de complicité, d'affinité même, si tu es là, c'est que tout le monde a refusé de te prêter quoi que ce soit : les banques, tes amis alcooliques, même les parents. Bref, ton affaire n'est visiblement pas viable. Et ce n'est pas comme si tu pouvais transformer le plomb en or.

J'aurais voulu lui jeter ma bière à la gueule mais ça ne venait pas. J'espérais encore.

- Mais je peux te prêter mille euros, si ça te dépanne.

Là, c'est venu. Au moins, ça l'a surpris. Pas au point qu'il sorte de son personnage de connard hautain, mais j'ai lu de l'étonnement dans son regard.

- Bien, je crois que notre entretien est terminé. Tu transmettras mon bonjour à Sophie.

– Sylvie t'emmerde, connard.

Après ce désastre, le jour J est arrivé sans que je progresse d'un iota. J'avais juste collecté plus d'emmerdes, plus de stress. Devant le notaire, j'ai bien dû avouer que je n'avais pas l'argent. Heureusement, monsieur Gerbaulet m'avait expliqué qu'il y avait une clause dans ce genre de compromis : si l'acheteur ne trouve pas l'argent, il peut se dédire sans que ça ne lui coûte rien. Donc j'étais déçu, mais serein rapport au pognon. Je récupérerai ma mise et je me débrouillerai pour revendre le matériel. La petite histoire allait me coûter deux-trois mille euros, plus du temps et des désillusions. Rien d'irréparable.

- Monsieur le notaire, je n'ai pas pu emprunter l'argent.

– C'est ennuyeux, dit-il sur le ton d'un mec qui ne trouve pas ça ennuyeux du tout.

– Oui et je suis désolé, j'ai ajouté en me tournant vers les vendeurs.

Ils n'avaient pas l'air désolé non plus.

- Aucune banque n'a voulu vous prêter l'argent ?

– Aucune, monsieur.

Un temps. J'ai ajouté :

- Donc, il faudrait faire fonctionner la clause de dédit.

– Quel clause de dédit ? me demanda le notaire.

– La clause qui dit que si je ne trouve pas l'argent, vous me rendez les vingt mille euros que j'ai versés.

– Merci, je connais le principe mais cette clause ne figure pas sur ce compromis.

J'ai flashé le sourire de satisfaction du couple de vendeur. Ils étaient en faillite mais ils allaient pouvoir se refaire de vingt mille. Et j'ai aussi bien vu le petit coup d'œil complice au notaire. A ce stade, j'entrais dans la catégorie des cons de légende. J'avais pris le même notaire que les vendeurs. C'est-à-dire que j'avais pris le notaire des vendeurs. Truc qu'il ne faut jamais faire et je le savais parce que plein de clients avaient des histoires de ce genre à raconter. Quel con, mais quel con ! Je pouvais encore me retourner. Disons que j'avais la possibilité d'échanger cette emmerde à vingt mille euros contre une emmerde à je ne sais pas combien de milliers d'euros. Je décidais de parer au plus pressé.

- Monsieur le notaire, pourrait-on prolonger le délai de quinze jours ?

– Hum, je ne sais pas, ça dépend des vendeurs.

Il s'est tourné vers eux, onctueux, faux-cul, pour leur demander ce qu'il savait déjà :

- Monsieur, madame, accepteriez-vous la proposition de monsieur Pécherot ?

Quitte ou double. Ils avaient fait faillite malgré tout et même à Paname, les repreneurs ne couraient pas les rues. En annulant le compromis, ils décalaient la vente. C'était ma seule carte. Bien cornée la carte.

- Oui, mais alors on passe de quatre-vingt à quatre-vingt-dix mille. Comme ça, on coupe la poire en deux ? a fini par dire le mari.

Sauvé, j'étais sauvé. Dix mille euros la bouée mais une bouée quand même. Le notaire a imprimé quelques papiers qu'on a tous signés sans les lire et je me trouvais avec dix jours pour trouver cinquante mille euros. Et une seule option : Franco.

Franco, tout le monde le connaissait à Belleville, enfin tous ceux qui avaient eu besoin de thune à un moment ou à un autre et à Belleville, ça voulait dire tout le monde. Un usurier à l'ancienne : une table au fond d'une cour sombre, des gardes du corps et les gens qui défilaient pour demander un peu d'oseille. Il ne prêtait pas à trois pour cent, mais il y avait moins de formalités. Son argent était propre et disponible rapidement. Je connaissais pas mal de clients qui avaient fait appel à lui et tous étaient contents. Enfin tous sauf un : Valoche, on l'appelait. Il avait emprunté cinq mille euros pour se faire refaire les dents qui lui tombaient de la bouche deux par deux à même pas quarante ans. Il s'était ramené un jour avec des ratiches toutes neuves. Il avait le prix d'une clio dans la bouche qu'il disait en rigolant. Quand il n'a pas pu rembourser, ça lui a fait une belle jambe vu que Franco lui a fait péter les dents de devant, une à une. Et il devait encore les cinq mille euros plus les intérêts. J'allais devoir négocier finement pour éviter le même scénario.

- Cinquante mille euros ? Tu doutes de rien toi ?

J'aimais pas trop la manière dont ça démarrait. Il était vautré plus qu'assis, dans un grand fauteuil. Sa bedaine dégueulait de sa chemise pourtant taille XXL.

- On m'avait dit que… tentais-je timidement.

– Ah ça pour parler, on trouve toujours quelqu'un. Pour rembourser, c'est déjà plus rare.

– Mais je vais…

– Oui toi tu rembourseras, t'es pas comme les autres. Te fatigues pas, vous dites tous la même chose alors je connais la chanson. Une fois que vous avez votre dose, vous oubliez vos belles promesses.

– Mais je ne suis pas drogué, je…

– C'est une image, abruti.

Il a siroté un peu de ce qui me semblait être du ricard, et il a repris :

- Pour quoi faire les cinquante mille ?

– Ouvrir un bar restaurant. J'en ai une partie, mais il me manque cinquante mille.

– Ah, là, tu m'intéresses. Là, ça peut se discuter. Où ça ?

– L'ancien « Garnement ».

Il a levé les yeux au ciel, fini son verre, souri, enfin grimacé mais sans faire la gueule, ce qui se rapprochait le plus du sourire chez lui.

- Mouais, bon emplacement, ça monte par là. Ouais, ça peut le faire. Tu me rembourserais en combien de temps ?

– Un an ?

– Un an, tu rêves mon garçon. Comment tu feras autant en si peu de temps.

– Mais je vous assure.

– Non, non. J'espère que t'es plus doué avec un plateau qu'avec une calculatrice. Tu ne pourras pas me rembourser en moins de trois ans.

Il a eu l'air songeur.

- Trois ans, oui, ça pourrait le faire.

Après tout, ça m'arrangeait. Cinquante mille en trois ans, ça faisait moins de mille cinq cent euros par mois, c'était forcément jouable.

- Alors, laisse-moi réfléchir. Un prêt de trois ans, trente-six mois, tu me rembourseras deux mille cinq cent euros par mois.

Deux mille cinq cent euros par mois ? Il comptait plus vite et plus mal que moi ce sagouin. Il me prêtait cinquante mille et me demandait… Quatre-vingt-dix mille euros !

- Deux mille cinq cent euros, mais ça fait…

Il a levé le bras.

- Ne me fatigue pas à refaire mes calculs ou à les commenter. Si tu avais d'autres options, tu y serais déjà. A prendre ou à laisser et si tu prends, c'est sans commentaires. Si tu laisses aussi d'ailleurs.

J'ai pris. J'ai pris en me disant que je ne devrais pas. Que ce n'était pas sérieux mais après tout, le bar allait me rapporter soixante-dix mille euros par an. Ça me laissait de quoi rembourser des petites dettes et au pire, je pourrais retourner voir mes parents pour qu'ils mettent au bout. Ils n'avaient pas tout perdu. Pas possible.

Je pensais à retourner voir monsieur Gerbaulet pour refaire le business plan avec lui, mais j'avais déjà mal à la tête. Non, je préférais me farcir le banquier. Reprendre rendez-vous et savourer sa tronche de cake quand je lui annoncerai que j'avais l'argent. Argent qui serait viré d'ici trois jours. C'est quand même beau le progrès : plus de valise de liquide, plus de sac poubelle plein de billets, juste un RIB et un virement. Aucune idée de la manière dont Franco évitait le fisc ou les flics, mais c'était son problème et j'avais assez des miens.

Valéry Bonneau

CHAPITRE 7 | BLÉDARD

Problème numéro un, obtenir un compte professionnel à la banque qui m'avait refusé le crédit.

- Monsieur Pécherot, quel plaisir de vous voir !

Et moi donc. Le sourire est revenu, et j'ai beau avoir des raisons de lui en vouloir, ça me rassure, limite ça me fait plaisir.

- Je voulais qu'on se revoit pour ouvrir le compte professionnel.

– Ah ? L'affaire se fait ?

– Oui, avec quinze jours de retard mais elle se fait.

Sourire au carré et bave aux lèvres.

- Eh bien, je tiens à vous féliciter et à vous rappeler combien la BNTP est heureuse de vous accompagner.

Il ne manquait pas d'air quand même. Il a continué pendant deux, trois minutes et on aurait pu croire que l'argent sortait directement de sa poche. Belle pirouette.

- Merci.

Le pire, c'est qu'à ce moment, j'étais sincère. Je ne suis pas du genre rancunier. Il me faisait des courbettes, ce serait plus simple pour la suite alors tant mieux.

- Je viens pour ouvrir le compte de la société.

– Mais bien sûr.

Courbettes à tous les étages.

- Dans un premier temps, je vais vous demander : les statuts, l'annonce du journal officiel, l'immatriculation au registre du commerce, une copie de votre carte d'identité.

De quoi il me parlait ? Statuts, journal officiel ? Je venais créer un compte pas racheter la banque de France.

- Heu, attendez monsieur, je, je ne suis pas sûr de tout comprendre. Les statuts ?

Il m'a dévisagé, ambiance grand médecin qui jette un regard gêné sur ce patient qui lui demande si cette ablation du poumon est un bon ou un mauvais présage.

- Il me faut les statuts de la société.

– Les statuts ? Je, je suis désolé, je ne comprends pas.

Mon triomphe n'avait pas duré longtemps, trois questions plus tard, j'étais redevenu l'élève et lui le professeur. Et le prof n'avait visiblement aucune patience avec les élèves un peu lents. Je ne comprenais rien de ce qu'il me racontait et ça se voyait.

- Ecoutez, je ne peux pas vous ouvrir un compte si vous n'avez pas de statuts. Vous devez définir le type de votre entreprise : EI, SARL, EURL, SA ou auto entrepreneur.

– Mais je ne suis pas juriste moi, je suis serveur, je n'ai aucune idée de ce dont vous me parlez.

Il a levé les yeux au ciel, et à ce moment la rancune est revenue et j'aurais bien levé une main pour lui mettre dans la gueule.

- Prenez un comptable ou un expert-comptable. De toutes manières, vous en aurez besoin pour faire vos comptes après. Lui saura vous conseiller. Vous serez combien d'associés ?

– Trois.

– Qui sera le gérant ?

Ça, je connaissais, je pouvais répondre.

- Moi.

– Majoritaire ou minoritaire ?

– Majoritaire, je crois.

– Bien, alors vous choisissez les statuts avec un comptable ou un avocat et tout ira bien.

Tout ira bien ? Ce con était sérieux ?

- Ensuite, ensuite seulement, vous faites la création d'entreprise auprès de la CCI. Via le CFE parce c'est plus simple.

– La CCI ? Le CFE ?

– Chambre de commerce et d'industrie et Centre de formalité des entreprises. Ensuite, vous publiez l'annonce au JO et vous revenez me voir. Vous trouverez tout sur internet, c'est très simple.

Simple, mais il vivait dans quel monde pour me sortir que c'était simple ? Et il appelait ça m'accompagner… Je suis ressorti lessivé, inquiet et en colère. Contre moi. Je ne pigeais rien, je n'avançais pas et quand je faisais un pas, il me coûtait dix mille euros minimum. Avocat, comptable, j'allais encore devoir sortir des thunes. Monsieur Gerbaulet pouvait sûrement m'aider mais il faudrait le casquer lui aussi.

Je l'avais retrouvé au bistrot. Un jeudi soir. Pas le meilleur soir. Il fait toujours plus soif le jeudi soir. Et pour un monsieur Gerbaulet, le « plus soif » pouvait nous entraîner dans l'épique. Le jeudi, Gerbaulet avait des accents à la Depardieu.

- Tes histoires de statuts, j'ai bien des notions mais rien d'utile et encore, ça date. Je ne peux pas t'aider là, ajouta-t-il en vidant sa deuxième bière en dix minutes.

– Vous ne connaissez personne qui saurait ? Qui pourrait ? Pas trop cher, je veux dire.

– Oui j'avais compris mon petit. Si t'étais riche à millions, tu ne t'adresserais pas à un petit comptable alcoolique à deux doigts de la retraite pour monter ta boite. Je suis alcoolique, pas débile.

– Ce n'est pas ce que je voulais dire.

– Je ne sais pas ce que tu voulais dire mais je sais encore ce que tu as dit. Mais te frappe pas, je m'en moque.

Il a réfléchi un peu. Un peu, c'est le temps d'un demi chez lui.

- Y-a bien un avocat, mais on ne peut pas dire que ce soit une bonne idée.

Il a refait une pause, a réfléchi un autre demi.

- Non, va sur ton internet et cherche « avocat société », ce sera mieux.

– Dites-moi au moins, je verrai.

– Non, je te connais, t'es un fainéant.

– Mais…

– Mais rien du tout. Si t'étais pas fainéant et sans thune, t'aurais trouvé mieux que moi. Mais comme tu m'as, tu cherches pas mieux. T'es un feignasse.

– Mais c'est important.

– Oui, c'est pour ça qu'il est important que tu ailles voir un avocat normal plutôt que Blédard.

– Blédard ?

– Merde ! Je l'ai dit là ?

Il a vidé une autre bière de surprise.

- Bon, il a surtout plaidé sur des affaires d'illégaux, de sans-papiers maghrébins. Pour leur éviter de rentrer au bled.

– Et pourquoi c'est une mauvaise idée ?

Il a levé sa sixième bière, et j'en venais à me demander s'il n'avait pas un deal avec le patron qui le resservait plus vite que la lumière.

- C'est un bon. Un très bon. Mais il est totalement imprévisible.

– Et d'où vous le connaissez ? Vous n'êtes ni maghrébin, ni sans-papier.

– T'occupe pas de savoir d'où je le connais. Je te dis juste de te méfier de lui. Au début, il est toujours tout sucre et miel et un jour, sans que tu saches pourquoi, il vrille.

Ça ne m'aidait pas des masses, mais je n'avais pas mieux.

- Et Blédard, je vais le trouver dans le bottin ?

– Va savoir. Mais ne compte pas sur moi pour te donner ses coordonnées.

Blédard, non mais qui s'appelle Blédard ? Visiblement Azzouz Beroudi. J'avais tapé « Blédard + Avocat » et google m'avait sorti un nom, une adresse et un téléphone. Le tout à Belleville. En arrivant devant son cabinet, j'ai commencé à me poser des questions. Quand la téloche montre des avocats, on voit des beaux immeubles, des halls marbrés et des plafonds de trois mètres de haut avec des belles frises. Chez Blédart, l'immeuble était une ruine bellevilloise, sale et mal entretenue. La salle d'attente se limitait à un réduit de deux mètres sur deux avec des tabourets cabossés. Au plafond, il y avait bien des frises comme dans les immeubles haussmanniens, mais il s'agissait de celles dessinées par la peinture qui se barrait. Blédart me paraissait tout en bas de l'échelle sociale des avocats.

Bonne surprise quand même, je n'ai pas attendu. Un grand type dégingandé est entré, discrètement, tellement discrètement que je ne l'ai même pas entendu. Mais il était là.

- Bonjour. Monsieur Pécherot, je présume ?

– Heu oui et vous êtes ?

– Je suis Azzouz Béroudi, plus connu sous le nom de Blédart.

– Mais heu, mais vous êtes…

– Grand ?

– Oui aussi mais…

– Maigre ?

– Pas ça non.

– Ah oui, blanc.

Visiblement, ça le faisait marrer. L'entrée discrète, la présentation rapide pour ne pas laisser le temps à son interlocuteur de percuter, la surprise, la gêne, tout semblait l'amuser alors que ça devait être la centième fois qu'il faisait le coup.

- Oui voilà mais…

– Mais ça ne vous gêne pas, c'est ça ? Dans ce sens-là, c'est vrai que ça gêne moins les gens. Mon patronyme m'a fermé plein de portes que ma couleur de peau m'aurait ouvertes.

Il m'avait scié. Je me sentais con. C'était peut-être une technique de baveux mais en tous cas, c'était brillant.

- Si vous voulez bien me suivre.

Le bureau était aussi miteux que le hall et la salle d'attente. Ça ne cadrait pas avec le mec, plutôt bien sapé, classieux, s'exprimant précieusement.

- Alors monsieur Pécherot. Vous avez mentionné votre désir de créer une entreprise, c'est cela ?

— Oui, voilà, je voudrais créer un bar, enfin un bar restaurant. A Belleville.

— Très bonne idée. Il est important de faire vivre ce quartier.

— J'ai déjà signé un compromis et je vais confirmer la semaine prochaine.

— Bien. Quel endroit exactement ?

— Place Sainte Marthe.

— Vous êtes au courant que ce n'est pas dans Belleville ?

J'étais au courant oui, mais c'était comme ça. La place sainte Marthe n'est pas dans le vingtième arrondissement mais dans le dixième, quartier de l'hôpital Saint Louis. Mais quand je suis arrivé sur Paname, mon Belleville allait de la place du colonel Fabien à Ménilmontant.

- Oui. Mais c'est tout près.

— Tout près et un superbe endroit. Bon choix. L'ancien « garnement », j'imagine.

Il me séchait le baveux. Il me séchait totalement.

- Oui.

— Bien et vous souhaiteriez monter une société pour exploiter cet établissement.

— Voilà.

— Aurez-vous des associés ?

— Oui, deux.

— Vous apporterez combien chacun ?

— Moi cent dix mille et eux, pour l'instant rien.

Il a levé les yeux vers moi. Il m'a foutu le trac. Il ne m'a pas regardé comme si j'étais une merde, non, pas assez classe pour lui ; pas non plus comme un enfant un peu attardé, non, ça c'est la manière dont je me voyais en lui parlant. C'était autre chose. Il n'y avait pas de pitié, plutôt de la fatigue et de l'empathie. Ouais, le mec me faisait flipper parce que j'avais l'impression qu'il rentrait dans mes pompes.

- Monsieur Pécherot, je conçois tout à fait votre volonté de vous associer avec, j'imagine, deux amis.

— Oui. Seb et Franck.

— Seb et Franck, très bien. Mais une association réussie implique que chacun apporte quelque chose. Pas forcément à parts égales, mais le partage des parts doit être juste au regard de ce que chacun apporte.

— Mais Franck apporte son talent de cuisinier et Seb, bah, Seb c'est un super serveur, il ramène du monde et tout.

— Il y a des cas où effectivement un des associés peut amener son savoir et un autre son argent. Cela s'est vu. Le talent doit être du domaine de la physique quantique, de l'ingénierie nucléaire ou du génie de l'internet peut-être, pas un savoir qu'on trouve à tous les coins de rue.

Il m'a plu ce mec. Il me faisait flipper mais il me plaisait. Il n'a pas eu un seul mouvement de sourcil quand il a dit « savoir ». Pourtant c'était évident, même moi je venais de le comprendre. Serveur, cuistot de base, ça ne vaut pas grand-chose dans une association. Et si un cuistot peut faire sa loi dans un resto, ça ne méritait pas cinquante pour cent des parts.

- Mais vous proposez quoi ?

— En l'état, je proposerais soit une EURL, soit une SARL, mais avec une répartition des parts au prorata exact de l'apport de chacun.

Il n'a pas fait de pause avant de reprendre. La pause qui aurait indiqué « ok t'es tellement ignare qu'il faut que je te parle avec des mots simples, des mots pour enfants ». Non, il a enchainé.

- Vous apportez cent vingt mille euros et vos amis rien, vous êtes le seul associé, vous détenez 100% des parts. Dans ce cas, nous créons une EURL : Entreprise Unipersonnelle à Responsabilité Limitée. Si vos associés amènent dix mille euros chacun, le capital est cent vingt plus dix plus dix soit cent quarante. Vous détenez cent vingt mille divisé par cent quarante mille, soit 85% des parts. Et chacun de vos associés et néanmoins amis 7,5%.

Je n'avais pas tout compris mais l'idée était que s'ils n'apportaient rien, pas de parts pour mes associés.

- D'accord. Et on ne peut pas faire autrement ?

— Monsieur Pécherot, la loi permet tout à ceux qui savent l'interpréter. Il serait dommage, dommageable même, de l'interpréter dans un sens qui vous desservirait, non ? Dans votre intérêt, respectez cette règle : pas d'apport en cash, pas de part.

— Ok, mais je leur ai déjà plus ou moins promis

qu'on serait associés.

— Et ils vous ont plus ou moins promis d'investir…

— Oui mais j'ai pas envie de me prendre la tête avec eux.

— Et c'est très exactement pourquoi la plupart des associations échouent lamentablement : personne ne veut « se prendre la tête » comme vous dites. Croyez-moi : si vous n'êtes pas capable de régler ce petit différent avant de vous associer, alors ne vous associez pas.

Il avait tout dit le Blédard. Pour éviter les emmerdes, fallait crever l'abcès. Seb et Franck n'avaient pas exactement été impliqués depuis le début. Pas d'argent, pas trop d'aides. S'ils venaient avec de la thune, ils seraient associés, sinon niet. Pour le reste, j'avais saisi que je serai gérant majoritaire ou un truc dans le genre. Dès que la répartition serait réglée, Blédard me rédigerait les statuts pour cinq cent euros. Ce qui n'était pas grand-chose, ai-je appris par la suite.

Ça n'expliquait absolument pas pourquoi un Azzouz Beroudi était blanc, ni comment un type avec autant de classe croupissait dans un cul de basse fosse de Belleville, mais ça arrangeait pas mal mes affaires, donc banco ! Me restait à régler tout ça avec Seb et Franck, le plus rapidement possible.

Le meilleur endroit pour se retrouver avec eux avait toujours été un bistrot. Et à Belleville et alentours, les bistrots ne manquaient pas. Histoire de changer, on s'était donné rendez-vous au comptoir du Zorba, rue du faubourg du temple. Idéal pour picoler, pas forcément pour discuter. On a baisé quelques godets en parlant de tout et de rien et comme le sujet ne venait pas sur la table, je l'y ai mis :

- Les gars, ça bouge là pour cette histoire de bar-resto. Et faudrait s'activer un peu.

Pas de réponse, pas de questions, ok.

- Alors Seb, tu peux amener combien finalement ?

Ah la tête qu'il avait. Il me faisait penser à un mec qui lâche une caisse dans un ascenseur en oubliant que peut-être, quelqu'un sera à la sortie. Les portes de l'ascenseur venaient de s'ouvrir et j'étais là…

- Finalement, ça m'arrange pas, rapport à ma femme. Elle préfère que je sois employé. J'ai pas bien compris pourquoi mais elle dit que ce sera plus trancool.

– D'une, arrête de dire trancool, c'est vraiment gonflant. De deux, t'aurais pu m'en parler non ? Mais peut-être que je vais recevoir le pigeon voyageur en rentrant ?

– Ça s'est confirmé hier tu sais.

– Ok, bon, ok, donc rien. Et toi Franck ?

Je l'aurais choppé la main dans la culotte de ma femme qu'il aurait pas eu l'air plus faussement dégagé.

- Moi ? Moi, ça va merci. Et, et, ma femme elle s'en fout.

– T'as pas de femme, lui rappelais-je.

– C'est ce que je dis. Mon banquier par contre, il veut rien entendre. Et côté famille, j'ai bien tâté deux, trois ordures qui portent le même nom que moi mais, ça n'a pas pris.

Merde, merde et merde. Niveau déception, j'étais en train de réussir un sans-faute. Faudrait que je pense à me présenter aux olympiades du poissard.

- Merde ! Mais alors tu fais quoi ?

– Ah mais moi, je viens dans ton bouclard ! Mais je ne peux rien mettre, donc je ne sais pas trop comment ça se danse du coup.

Moi je commençais à savoir : j'étais tout seul à amener le fric, et j'allais me retrouver tout seul à gérer le bouzin. C'était plus du tout le même plan. Mais après tout, j'avais tout signé tout seul et c'était mon idée depuis le départ. Au moins, ils ne me prendraient pas la tête pour être associés. Restait la caillasse à négocier.

- Pas grave. On n'a pas trop le choix de toutes manières. Mais niveau salaire, on fait comment ?

Le sujet les motivait beaucoup plus. Franck a démarré le premier.

- Je gagne deux mille euros net comme cuistot, donc ce serait bien que je gagne autant ou plus forcément.

– Merci pour l'effort.

– Et moi, je suis à mille sept mais avec les pourboires, je tourne à deux mille aussi ! a rapidement enchainé Seb.

– Pour quarante-cinq heures par semaine ? Cinq jours et demi par semaine ? je leur demandais.

Ils étaient ok tous les deux.

- Vous ne me casserez pas les noix pour une heure sup par ci par là, hein ?

Les deux étaient d'accord. On était tous d'accord, on ne se prenait pas la tête. J'aurais dû être content, très content mais j'entendais la voix de Blédard « si vous ne vous prenez pas la tête avant… »

CHAPITRE 8 | LE TROCARD

- Mais mon petit Olivier, ça ne passe pas du tout, c'est n'importe quoi votre truc.

Monsieur Gerbaulet me parlait comme à un demeuré. Il avait repris les chiffres avec les nouvelles données : dix mille de plus à cause du retard sur le compromis, cinquante mille euros à rembourser sur trois ans à cause de Franco et trois mille sept cent euros de salaires net pour les deux cocos ce qui faisaient dans les six mille euros par mois avec les charges. En ajoutant loyer, remboursement du prêt, eau, électricité et tout le bordel, il fallait atteindre un chiffre d'affaire de vingt mille euros par mois. Deux cent quarante mille euros par an, ça ne me choquait pas et c'était en ligne avec les deux cent dix mille qu'on avait initialement estimé.

– Ouais, mais tu crois que ça se fait comme ça ? Faut en servir des repas, dis donc. Et trente mille de plus ou de moins par an, ça se trouve pas comme ça.

– Mais pour atteindre notre chiffre, on a juste besoin de dix-sept repas par service. C'est jouable, non ?

— Dix-sept repas, oui, mais tout le temps : lundi midi, mercredi soir, etc, etc. Et le midi, tu factures moins. Et ton resto, il a combien de places assises déjà ?

— Dix-huit en haut et douze en bas.

Il a vidé une bière cul sec de colère.

— Non, mais je te jure. Tes douze places en bas en été, tu ne vas pas les remplir souvent. Et t'as pas de terrasse. Et quelle idée d'emprunter à un sale type comme Franco.

— Vous le connaissez ?

— Tout le monde connait Franco enfin, ne sois pas stupide.

— Bon ok, pas la peine d'être désagréable. Tiens, remets nous la même chose, s'il te plait.

Je tentais une petite diversion auprès du barman.

— Tu peux remettre autant de tournées que tu veux, ça ne changera pas les chiffres. Non mais on n'a pas idée. Et tu vas être quasiment dans le rouge dès le départ. Ta trésorerie sera quasi nulle. Quand tu devras faire face à un imprévu, comment tu feras ?

— Ben, j'éviterais les imprévus.

Je l'avais dit sans conviction et je pense que Gerbaulet m'aurait mis une claque si j'avais insisté.

— Mais qu'il est bête. C'est ta première affaire, tu connais rien à la gestion d'entreprise, c'est évident que tu vas affronter de l'imprévu. Ah nom d'un chien, ça me bouffe de voir ça.

Et quand un truc le bouffait, il buvait. Encore plus. Pour éviter qu'il ne me ruine, je tentais de le rassurer.

— Je retournerai voir mes parents et ils me fileront bien encore un petit quelque chose.

– Faut espérer gamin. Faut espérer qu'ils voudront bien et espérer que le public se bousculera pour bouffer dans ta cantine. Sinon, elle ne sera pas ouverte longtemps.

La discussion avec Monsieur Gerbaulet m'avait plombé le moral, mais qu'est-ce que je pouvais faire ? Je n'allais pas m'arrêter maintenant. Les vendeurs et leur notaire allaient encore me saigner de quinze ou vingt mille de plus. Je devais signer. Et pour signer, je devais créer cette société. Dépôt des statuts aux impôts, puis CCI, puis CFE, m'avait dit le banquier. Pour ça, il fallait que Blédard me recontacte. Je venais de percuter qu'il ne m'avait pas donné de date d'ailleurs. Il me restait six jours pour tout faire, ça devenait serré, surtout avec un week-end au milieu. En attendant, je suis allé sur internet et sur le site du CFE pour voir un peu les pièces dont j'avais besoin. Tu parles d'un merdier. Voilà la liste de documents à fournir :

1. deux exemplaires des statuts

2. le journal d'annonces légales ou une copie de la demande d'insertion de l'avis

3. le formulaire d'immatriculation une attestation sur l'honneur de non condamnation du gérant ainsi qu'une photocopie de sa carte nationale d'identité

4. le certificat de domiciliation de l'entreprise

5. deux exemplaires du procès verbal prononçant la nomination du gérant (s'il n'est pas désigné dans les statuts)

6. deux exemplaires originaux du certificat de la banque dépositaire des fonds avec liste des souscripteurs

7. deux exemplaires du rapport du commissaire aux apports datés et signés

8. l'acte de déclaration du statut du conjoint, le cas échéant

9. l'autorisation des parents en cas de création d'une SASU par un mineur non émancipé

10. la copie du document permettant l'exercice d'une activité réglementée, le cas échéant

11. le justificatif d'identité des dirigeants, personnes morales, le cas échéant

12. le justificatif de domiciliation de l'entreprise

13. l'acte de nomination du commissaire aux comptes, le cas échéant

14. la demande d'Accre, le cas échéant.

Le plus flippant dans cette liste incompréhensible restaient les « le cas échéant ». Ils me coupaient les pattes. Je n'entravais pas un mot sur deux et il fallait encore être capable de déterminer si j'étais dans le « cas échéant ». Je n'avais même pas de nom pour la société. Le « Garnement » ne me plaisait pas du tout. Pas de nom, pas de statut, pas de compte en banque, pas de CFE, cette histoire se présentait bien. Quel tocard je faisais !

Tocard, tocard, tocard. A force de me le répéter, j'ai senti que je tenais un truc. Tocard, tocard, j'étais un tocard qui cherchait à monter un troquet. Tocard, troquet. Troquet, tocard. A la centième répétition, le nom s'est imposé. Une évidence. Mon bar s'appellerait : « Le trocard » !

Signe du destin : Blédard m'avait rappelé le lendemain, les statuts rédigés, et il proposait, pour cinq cent euros de plus, de me filer un coup de main pour la paperasserie. Sur le coup, j'ai trouvé ça un peu cher, mais j'ai su plus tard qu'un baveux lambda aurait pris dans les deux mille euros. Je suis retourné à son étude, il m'a remis les statuts, m'a indiqué où aller les déposer. On a créé l'annonce au journal officiel ensemble. Le principe, c'est que tu payes une annonce pour expliquer que tu crées une société. L'annonce va paraitre dans un journal que personne ne lit, mais qui doit faire bien vivre quelques raclures. Bref, le truc ne sert strictement à rien, mais si tu ne le fais pas, tu ne peux pas créer ta boite. D'ailleurs, je ne sais pas quel est le connard qui a dit qu'on pouvait créer une boite en cinq minutes en France. Si c'est ton métier de créer des boites, peut-être, mais si t'es un serveur comme moi, bon courage.

Grâce à Blédard, on a quand même réussi à tout faire dans les temps : enregistrement des actes, dépôts du dossier au CFE, récupération du code d'activité. Et, meilleur moment de la procédure : l'ouverture du compte à la banque. J'avais indiqué à Blédard que je m'en sortirai tout seul, mais il a insisté pour m'accompagner. C'était « compris dans le forfait » m'a-t-il dit en souriant. Alors nous voilà, moi et mon avocat bizarre en face de mon banquier adoré. On a tous les papiers et le banquier d'en remettre une couche.

— Voilà une affaire qui se présente bien. Mon responsable et moi-même sommes très heureux de participer à cette belle aventure.

— Pouvez-vous me rappeler la nature de votre participation ? Mon client a omis de la mentionner, attaqua Blédard, sans que je le vois venir tant il était souriant, amical, chaleureux presque.

Le banquier, s'est passé la main sur la joue, comme s'il venait de prendre une claque.

— Mais, eh bien, elle est diverse. Diverse.

— Bien.

Blédard n'était qu'empathie, mise en confiance et pourtant il mettait claque sur claque.

— Le, l'ouverture d'un compte déjà, bégaya le banquier.

— Et ?

Il cherchait ses mots, se demandait d'où venait cette agression masquée.

— Nous avions prévu une autorisation de découvert non négligeable.

— De dix mille euros ? fit Blédard, faussement naïf.

Ah, je vous jure, on lui aurait demandé un rein qu'il n'aurait pas pris une autre couleur le cravaté. J'aurais demandé ça, c'est à moi qu'il prenait le rein le banquier, mais là, il a rougi, toussé et…

— Oui, dix mille, vu les fonds en jeu, oui très bien.

— A 2 % ?

— J'avais pensé plutôt 3%.

— Mais comme vous êtes fier de participer…

— Oui, 2%, ça devrait passer.

— Eh bien, c'est parfait.

Le soulagement dans ses yeux était comique. Il devait vraiment en être à penser « pourvu qu'il ne me demande pas un rein ».

— Oui, tout à fait, très heureux encore une fois de vous aider. Merci de nous faire confiance.

Blédard venait de le mettre KO en deux allers-retours et le mec nous remerciait. Je comprenais moins que jamais ce qu'il faisait dans son boui-boui. Il avait même tenu à m'accompagner pour la signature. « Simple curiosité » avait-il prétendu. Niveau curiosité, le notaire et les vendeurs en débordaient : un Azzouz blanc, ça ne rentrait pas dans les cases. Ils le scrutaient comme s'ils s'attendaient à ce que sa peau se mettre à brunir. Mais rien ne venait.

— Messieurs, bonjour, a fini par déclarer le notaire.

— Bonjour, continuèrent les deux thénardiers.

Blédard leur retourna leur bonjour et je hochais la tête.

— Alors nous sommes réunis ici pour la signature de vente du Garnement pour un montant de quatre-vingt-dix mille euros.

Blédard intervint, avec toujours ce sourire qui respirait l'empathie.

— Monsieur, j'ai bien peur que mon client n'ait été abusé.

— Abusé ? a fait le notaire ?

— Abusé par sa naïveté. Naïveté touchante au demeurant, mais qui ne saurait lui valoir une amende de dix mille euros.

— Mais ce qui a été convenu a été convenu, monsieur, insista le notaire.

Ah le petit air supérieur. Je lui aurais bien pété une dent. Et le sourire ravi des deux proprios à côté…

— Mais parfaitement. Il a aussi été convenu que nous verserions vingt mille euros en cas d'abandon, n'est-ce pas ?

— Heu oui, a lâché le notaire.

Il a eu le même regard que le banquier. En plus inquiet, parce qu'il sentait bien un coup venir mais ne voyait rien. Et ce sourire de Blédard qui disait « ça va vous faire mal et je compatis sincèrement » ne les rassurait nullement.

– Parfait. Alors nous partons. J'ai ici un chèque de vingt mille euros. Au revoir.

Juste avant de rentrer, Blédard m'avait demandé si je lui faisais confiance. Comme j'avais acquiescé, il avait dit, sur le ton de la confidence : « laissez-moi mener la transaction et quoi que je dise, essayez de ne pas paraître surpris. Enfin pas trop surpris. C'est important ». Il m'avait fait signer un chèque en insistant « quoi qu'il arrive, ne dites rien, ne faites rien, suivez-moi et tout ira bien ».

Il a demandé une preuve au notaire, un reçu pour solde de tout compte et il était prêt à partir. Il a regardé sa montre, d'un air dégagé. Mais quand Blédard prenait un air dégagé, il n'avait pas l'air d'un vendeur à la sauvette qui sifflote en portant son baluchon de sacs de contrefaçons devant les flics. Blédard tentait un coup de bluff totalement maitrisé. Heureusement qu'il m'avait un peu prévenu, sinon ma tête aurait tout flanqué par terre. Le notaire a regardé ses clients, les clients se regardaient. Puis les clients ont regardé le notaire et chacun a semblé se demander d'où venait cette épidémie de jaunisse.

– Vous permettez que je m'entretienne avec mes clients, Maître ?

– Mais avec plaisir, Maître, a lâché Blédard.

Nous sommes sortis. Blédard m'a regardé avec une expression totalement neutre. Je ne sais pas comment il faisait. J'ai commencé à lui poser plein de questions et il a mis le doigt sur sa bouche. Alors je me suis tu, même si ça me démangeait. Cinq minutes plus tard, le notaire ouvrait la porte :

– Si vous voulez bien revenir ?

Retour sur le ring. Je ne comprenais pas bien qui menait au point, qui frappait en dessous de la ceinture, mais j'appréciais le moment.

– Après réflexion et dans le but d'aider un jeune qui se lance, comme eux se sont lancés un jour, mes clients ont souhaité revenir sur ces dix mille euros.

Le notaire a fait une pause. Il cherchait le soulagement dans les yeux de Blédard, ou la preuve d'un bluff. Déçu, il a continué.

– Nous restons donc à quatre-vingt mille euros comme convenu initialement.

Oh le con, il venait de me sauver dix mille euros. Plus les découverts à la banque, je me retrouvais avec vingt mille euros de plus en trésorerie. Ah, quand j'allais annoncer ça à Monsieur Gerbaulet.

Je m'attendais à des félicitations, des encouragements. Tu parles. Je lui aurais annoncé la destruction de tous les stocks de ricard du monde qu'il aurait fait la même tronche. La même tronche pas sympa.

– Mais c'est formidable non ? Vingt mille euros. Dix mille de sauvés et dix mille de découvert.

– Oui.

Son « oui » sonnait comme un « non » de compétition.

– Oui mais quoi ? C'est bien vous qui m'avez engueulé comme du poisson pourri parce que j'avais plus de trésorerie. Là, j'en ai. C'est quoi le problème alors ?

– D'une, t'en n'as pas tant que ça. T'as de quoi

tenir un ou deux mois, mais pas plus.

— C'est mieux qu'avant non ?

— Mieux oui, mais Blédard…

Il a laissé sa phrase en suspens.

— Mais quoi bordel ? Il m'a aidé, pour presque rien.

— Blédard, il fait toujours ça au début.

— Et après ?

— Après, après, on ne sait pas trop.

— Attendez, je ne comprends pas. Vous m'envoyez chez un mec louche et après vous me reprochez d'être allé le voir ?

En m'entendant prononcer ma phrase, je me suis senti con. Je voyais bien ce qu'il y avait de ridicule à lui reprocher ça. Après tout, il me l'avait bien dit que Blédard n'était pas un choix très malin.

— Ecoute gamin, t'as un cerveau, tu… Bon t'es ptête pas un prix Nobel, mais t'ouvres pas une maison d'édition, donc avec ce que t'as de cerveau, tu devrais t'en sortir.

— Trop aimable.

— Non, mais ce que je veux te dire, c'est que, enfin t'as vu où il crèche ? T'as vu son étude ?

— Oui.

— Et alors, y-a rien qui te choque ?

— Si, si, bien sûr, il semble pauvre alors qu'il a l'air d'un excellent avocat.

— Voilà, c'est ça. Y-a un truc louche mais personne ne sait trop quoi.

— Ben, puisque vous savez que je suis un connard d'abruti, si même des gens supérieurement intelligents comme vous ne comprennent pas ce qui se passe, il ne fallait pas m'envoyer chez lui.

Et je suis parti parce que je commençais à en avoir

marre des leçons de morale d'un vieil alcoolique, comptable dans une maison qui fabriquait des carnets en papier et des fiches en bristol en 2015.

Monter sur mes grands chevaux m'avait détendu mais ne servait pas à grand-chose. Et ne m'aiderait pas à créer mon restaurant. Maintenant que tout était signé, fallait passer aux travaux. J'avais donné rendez-vous à Seb et Franck. Dans un bistrot pour changer. « Au vieux saumur », juste en face des « folies » de Belleville.

— Les mecs, la machine est en route. Je signe le bail cet après-midi, j'ai les clefs demain matin et on peut démarrer les travaux.

— Génial. Du coup, on s'y met quand ?

Franck avait l'air un peu plus motivé que Seb.

— Seb, ça ne te parle pas, c'est ça ?

— Si, si, je suis content mais, tu sais, les travaux moi, c'est pas mon truc.

— C'est le truc de personne. Tu vas pas nous planter là. On avait dit qu'on démarrait dès que j'avais les clefs. Donc on démarre demain. Comme prévu.

— Ouais, sûr. Mais faut que je donne mon préavis. Je ne serai pas dispo avant la fin du mois. Au mieux.

Génial.

— Ok, tu viendras avant ou après le taf et Franck et moi on fera le plus gros, hein ?

Si l'homme avait la capacité inexploitée de devenir invisible, Franck l'aurait trouvée ce jour-là.

— Y-a un problème, Franck ?

— Un problème non, mais faire les travaux à deux, c'est pas la même limonade qu'à trois.

— On ne sera pas deux, on sera deux et demi

puisque Seb nous rejoindra dès qu'il pourra.

– Deux et demi, c'est pas trois.

– Et je vais demander à mon père de venir nous aider, comme ça on sera deux plus deux demi. Ça ira là ?

Son soulagement aurait été comique, si ça ne m'avait pas autant gonflé.

– Sûr. Deux et deux demi, c'est bien. Ouais c'est bien, ça me va, lança-il soulagé.

– Et pour ton taf ?

– Pour mon taf, je gère, t'inquiète pas, je gère.

Quand Franck gérait, en général, ça se passait bien. Si son patron refusait de le licencier, il servirait des plats immangeables jusqu'à obtenir son chômage. Il injecterait du chocolat dans les tournedos, servirait le foie gras congelé, le poisson cru. En dernier recours, il mettrait de la glace au camembert dans tous les plats. Imparable. Non, Franck pouvait tout rater quand il le voulait. Pas d'inquiétude à avoir de ce côté-là.

– Génial. Bon, Seb par contre, si tu pouvais faire la même pour être là le plus vite possible, ce serait vraiment pas mal.

– Si on va par là, oui, je dois pouvoir réduire le préavis. Je vous redis ça demain ?

– OK. Allez, c'est la mienne. On va trinquer à ce bistrot et dignement, merde !

On a repris une tournée de binouzes, et Jo le serveur nous a offert trois boules. Une boule, c'est une dose de ricard, une larme de flotte, mais vraiment une larme et un glaçon ou deux. Ça se boit cul sec et en général, ça monte direct au ciboulot. L'idée, c'est que les hommes, les vrais, boivent tout de suite, et les autres attendent un peu que les glaçons fondent. On a trinqué tout de suite : « Au trocard » !

On a trinqué, trinqué et trinqué encore. Ce qui m'a remis du baume au cœur. On ne peut pas trinquer autant de fois à un projet auquel on ne croit pas. Je n'avais plus d'associés mais toujours deux potes prêts à me filer un coup de main. En rentrant, un peu fatigué, je tombais sur une Sylvie pas exactement de la même humeur que moi.

– Ça fait plaisir.

– Pardon ?

– Je dis : ça fait plaisir de voir que tu fêtes ton bar sans ta femme ni ton fils.

La boulette. J'avais prévu de les emmener au restaurant, mais il était déjà 21h30 et j'étais bien avancé niveau picole.

– On ira demain ?

– Demain, c'est pas pareil.

– Alors on y va ce soir.

– Ce soir, c'est trop tard.

– T'es jamais contente aussi.

J'aurais pourtant dû savoir que dans un tel cas, à part fermer sa gueule, y-a trop rien à faire.

– Tu manques pas d'air toi.

– Non mais…

– Mais rien du tout. Je te signale qu'on est deux, trois pour être exacte, et que je suis embarquée dans ton affaire. Au même titre que toi.

– Ah non, pas au même titre, l'associé unique c'est moi quand même.

– Pauvre con.

Deuxième boulette. L'alcool diminuait mes capacités de réflexion et augmentait mon niveau de connerie.

– Ma chérie, demain, je dois prendre possession des lieux. Vous viendrez visiter vers 18 heures et ensuite on ira manger.

– C'est pas pareil.

– Mais c'est mieux. Comme ça, on fête du concret.

– Concret mon cul.

– Quel langage. Qu'est-ce qu'il se passe là ?

– Je sais pas. Je la sens plus cette histoire.

– Quelle histoire ?

– Ce bar. L'argent. Tout ça.

– Mais qu'est-ce que tu veux qu'il arrive ? Tout est verrouillé. Un plan sans accroc. Y-a juste à bosser et tu me connais, je suis un bosseur quand je suis parti, non ?

Elle n'était pas convaincue. Pas convaincue du tout. J'ai eu beau la cuisiner pendant un moment, pas eu moyen de lui faire dire pourquoi elle avait si peur. Je n'arrivais pas à déterminer si elle avait une raison concrète de flipper ou s'il s'agissait d'anxiété. Demain serait un autre jour…

CHAPITRE 9 | DES TRAVAUX ARROSES

Demain est un autre jour, et plus exactement, le premier jour du "Trocard". Levé sept heures trente avec un mal de crâne raisonnable. J'ai signé le bail dès huit heures trente, sans rien à signaler. Pas d'arnaque, de faux plan. Plutôt bon signe. J'avais rendez-vous devant le bar pour aller faire les courses avec Franck à neuf heures. J'ai pris un café en l'attendant et vers neuf heures trente, je le sonnais. Messagerie. Merde. Dix heures, cinquième tentative : « Franck, tu fais quoi putain » ? Dix heures trente, au dixième message d'insulte, je décidais de nettoyer un peu en l'attendant. Je savais que ça ne servait à rien, vu qu'on allait faire beaucoup de travaux salissants mais ça m'occupait. Ensuite, j'ai revu la liste des travaux pour être sûr de ne rien oublier :

- Péter la cloison pour ouvrir la cuisine.
- Poser le nouveau carrelage dans salle du bas.
- Refaire les toilettes en bas.
- Tout repeindre.
- Aménager la cuisine avec le nouveau mobilier et

refaire la plomberie et l'électricité si besoin.

— Repeindre la devanture.

— Remplacer toutes les tables et les chaises.

Tout y était. Restait à le faire. Et pour le faire, j'avais besoin d'un connard certainement encore en train de ronquer suite à une soirée trop arrosée. Je filais chez lui mais pas moyen de le réveiller. Soit il avait vraiment chargé hier, soit il s'était trouvé une poule et squattait chez elle. Dans les deux cas, il m'avait planté. Pas question de glander plus longtemps. J'appelais mon père pour qu'il vienne avec la voiture.

- Papa, c'est Olivier.

— Bonjour mon fils.

— Tu vas bien ?

— Ça va, oui.

— Je ne te dérange pas ?

— Tu ne me déranges jamais, voyons.

— Bien, alors est-ce que tu pourrais venir me dépanner là ?

— Aujourd'hui ?

— Heu oui, aujourd'hui. Je commence les travaux pour le resto, et j'ai besoin d'une voiture. Franck devait me retrouver mais…

— Ah, d'accord. Aujourd'hui, ça tombe très mal. J'ai un rendez-vous important prévu depuis des semaines et je ne peux pas le décaler.

— Ah ben super. Faudra que tu me dises quel rendez-vous un retraité peut avoir de si important mais ok, ok.

— Ecoute…

— Non, pas de soucis, allez, bon rendez-vous, hein.

Incroyable. D'abord il me gaspillait mon héritage et maintenant, il me plantait pour mes travaux. Pour un rendez-vous important. Monsieur a 61 ans, il a quoi comme rendez-vous important ? Un cours de poterie, un concours de bridge…

J'étais serveur depuis des années. Je connaissais du monde. J'allais bien trouver une personne pour me dépanner ce matin. Obligé. Vingt coups de fil plus tard, je devais me rendre à l'évidence : mes connaissances, essentiellement parisiennes pur jus, n'avaient pas de voiture. Et quand elles en avaient, elles n'étaient pas disponibles. Restait la solution Avis ou Hertz. Avec leur promo à vingt-neuf euros par jour, sur quinze jours de travaux, je m'en sortirai pour cinq cent euros. C'était jouable. Je me rendis vers l'agence de la rue Claude Vellefaux.

- Comment ça, cent euros par jour ! Vos pubs disent vingt-neuf euros.

– Monsieur, les affiches précisent à partir de vingt-neuf euros quatre-vingt-dix, me précisa la grosse dame qui faisait l'accueil.

– Et comment vous passez de vingt-neuf quatre-vingt-dix à quatre-vingt-dix-neuf euros ?

– Je ne sais pas monsieur, je ne fais qu'appliquer les règles, répondit-elle. Son regard me disait « de toutes manières, cet argent ne va pas dans ma poche alors un euro ou mille, c'est la même pour moi ».

– Super. Cent euros par jour. Et si je vous la prends une semaine ou deux, vous me faites bien un prix quand même.

Elle farfouille dans son PC, impatiente que je parte, finit par relever la tête :

- Oui monsieur, une semaine, on vous fait 20% de remise.

– Donc quatre-vingt euros la journée c'est ça ?

– Voilà.

Mille deux cent euros sur quinze jours. Je ne les avais pas. J'allais me limiter à une journée et espérer que Franck ou mon père me fileraient un coup de main rapidement. Putain, elle partait bien cette histoire de « trocard ». Je louais la voiture une journée. Journée que je passais à faire des allers-retours entre Leroy Merlin, Ikea et le bistrot. Au moins, le lendemain, si quelqu'un daignait se présenter pour m'aider, je saurais quoi lui donner à faire. Deux mille euros de matos étaient entreposés dans le resto. Payés avec la carte de la société. Monsieur Gerbaulet m'aurait fait remarquer que ça restait mon pognon, mais moi, ça me pesait moins. Peinture, joints, petit mobilier, enduit, tout était prêt. Manquait plus que les ouvriers. Le plus beau des ouvriers, Franck, se pointa vers dix-sept heures alors que je revenais du dernier voyage.

- Salut, ça roule ?

En plus, il se foutait de ma gueule.

- Tu sais à quelle heure on avait rendez-vous?

– Ah ouais, bah, tu sais ce que c'est.

– Non, je ne sais pas ce que c'est bordel ! On a un resto à ouvrir et pour l'ouvrir, il faut le retaper. Si on commence toutes nos journées à dix-sept heures, il sera prêt dans cinq ans ce rade !

Mon petit accès de colère ne l'impressionnait pas le moins du monde.

- On a fêté ça dignement. C'est cool. Mais ok, on s'y met, pas de soucis.

J'aurais dû continuer à gueuler, marquer le coup mais je n'ai jamais su rester fâché très longtemps.

- Ok, mais demain, pas de faux plan, hein ?

– Promis mec. Demain, je gère.

– Huit heures ?

– Huit heures trente pétantes.

– Vendu.

Un jour de retard, pendant lequel j'avais bossé quand même, c'était pas la mort.

- Pour me faire pardonner, je te paye un coup en face.

En face, le bistrot s'appelait l'osier. Référence soit disant drôle au panier en osier, puisque cette place faisait penser au quartier du panier à Marseille. Une personne sur mille devait faire le lien et encore, mais ça faisait marrer le patron. Le patron, Antoine, je le connaissais bien puisque j'avais bossé pour lui à une époque. Une sombre merde. Qui faisait gratter tous ses gars jusqu'à ce qu'ils démissionnent, épuisés. Mais je n'étais pas rancunier et je devais faire bonne figure avec le voisinage.

- Bonjour, lança Franck, très fort, comme en terrain conquis.

Un autre tic de barman ou d'homme de bar, tous les bars étaient nos bars. Le pochtron est partout chez lui dès lors qu'il y a un comptoir auquel s'accouder.

- Bonjour messieurs.

Une fois n'était pas coutume, Antoine servait, accompagné d'un commis en cuisine et d'une serveuse pour la terrasse. Quatre clients traînaient vaguement au comptoir.

- Salut, répondais-je plus mollement.

Mais Franck était parti :

- Messieurs, dames, on vient fêter l'ouverture du prochain lieu à la mode de Paname, the place to be, Olivier, je te laisse introduire.

– Nous aurons le plaisir de vous accueillir dans un haut lieu de la gastronomie et de la connerie : le Trocard.

Antoine me regarda bizarrement:

- Trocard ? Mais ça sonne comme troquet et tocard, non ?

– Voilà, t'as tout compris.

– Original.

Franck a précisé.

-Si on avait pensé à vous, on l'aurait appelé « le tocard d'en face »…

C'était dit sans méchanceté et tout le monde a rigolé. Une vanne de comptoir. J'ai payé la première tournée, Antoine a mis la sienne en signe de bienvenue. Une hypocrisie de plus, mais le monde du bar est ainsi fait. Autour d'un verre, tout le monde est prêt à se pardonner si ça permet de picoler un peu plus longtemps. Jusqu'au moment où l'alcool réveille les rancœurs. Franck, se présentant comme « le cuistot en chef du Trocard », avait ajouté une tournée, puis la serveuse s'y était mise. Mogette n'était jamais en reste lorsqu'il s'agissait de se faire rincer et de rincer en retour. Les clients présents avaient participé et huit tournées plus tard, il y avait égalité.

A ce moment, lorsque tout le monde a payé une tournée, que personne ne s'est fait prier, c'est un peu comme un match nul : pas de gagnant, pas de perdant, mais on a passé un moment sympa à lever le coude en racontant des conneries. Le bon sens veut qu'on en reste là. Mais le bon sens à tendance à diminuer en proportion inverse à la dose d'alcool ingurgitée. A huit verres, le bon sens, il est généralement bien planqué. Alors j'ai remis la mienne.

- Ah, tu fais un sacré patron. Deux jours que t'as les clefs, deux cuitées.

Merde, oh, ce mal de crâne. Wow. Ah, j'étais dans mon lit. Sylvie, habillée, debout, me parlait :

- Tu te souviens que tu devais fêter ton restaurant avec ta femme et ton fils hier ?

Merde. Ah oui, cette histoire de neuvième tournée avait tout foutu en l'air. Des flashs, des images se bousculaient dans ma tête mais sans aucun sens, ni aucune logique : je voyais Franck torse nu sur une table, Mogette rouler une galoche à un mec dans un bar que je n'arrivais pas à identifier. Je connaissais le principe, les images allaient se bousculer pendant encore cinq minutes, ensuite le tango se calmerait et peut-être, peut-être que d'autres flashs, plus précis, et plus embarrassants, reviendraient dans la journée. En attendant, le plus emmerdant n'était pas un flash mais une personne en chair et en os et en stéréo dans mon lit.

- Je suis désolé.

– Ah, tu peux être désolé. Tu sais que ton fils commence à parler. Parti comme c'est parti, ses premiers mots seront « où est papa » ?

– J'ai merdé. C'est Antoine de l'osier qu'a payé son coup et puis après…

– Parce qu'en plus t'as traîné avec cette ordure que

t'as jamais pu blairer. De mieux en mieux.

– C'est du voisinage, entre patrons c'est normal.

– Rappelle moi combien de couverts t'as servi hier ?

Je la regardais sans comprendre.

- Voilà. Je te signale que pour l'instant t'es patron de rien du tout. T'es à la tête de plein de dettes à la banque.

Echec et mat. Je ne pouvais pas lutter avec le mal de crâne que je me cognais.

– Tu as raison ma chérie. Je m'excuse. Et ce soir, je vous emmène dans un pur endroit. Promis.

– Promesse d'alcoolique.

Mais elle était déjà un peu radoucie. J'avais deux missions aujourd'hui : ne pas picoler et faire avancer ses putains de travaux sachant qu'il était déjà neuf heures. Franck était devant la porte quand je suis arrivé.

- Alors patron, on a des problèmes de réveil ? trouva-t-il malin de me balancer.

– Vas-y, fous-toi de moi. Quelle idée de fêter ça. Avec ce gros con d'Antoine en plus.

– Les relations de voisinages sont importantes monsieur.

– Si ça ne t'embête pas, on verra pour les relations après. On a du boulot d'abord.

Décaper, poncer, coller, couper, déplacer et pendant des heures. Franck n'était pas le mec le plus ponctuel ou carré du monde, mais quand il s'y mettait, il s'y mettait. On était partis et je commençais enfin à le sentir prendre corps ce rade. Seb a passé une tête vers dix-huit heures, nous a filé un coup de main rapide et à vingt heures trente, on était lessivés mais contents.

- Une bonne journée de taf comme ça, ça se fête non ? proposa Franck

– Ah, je ne suis pas contre, a renchéri Seb.

– Sans moi les gars, j'ai promis à Sylvie de fêter le Trocard avec elle. Je rentre, une douche et au resto.

– Oh, allez fais pas le rabat-joie, juste un godet dans l'autre bistrot de la place.

– Les mecs, je vais me faire déchirer là. Et j'ai promis en plus.

– OK, ok, si tu veux démarrer avec des relations de merde avec un des trois bistrots de la place, pas de soucis.

J'avais un problème avec l'alcool. Je le savais. J'aimais faire la fête. C'était plus fort que moi. Mais je me souvenais aussi d'une remarque « si t'as pas la volonté de refuser le premier verre, comment tu feras pour refuser le deuxième. Vu que t'en auras encore moins après, de la volonté». Généralement cette maxime me revenait en tête au dixième verre et partait avec le onzième, mais j'avais assez déconné avec Sylvie.

- Bonsoir ma chérie.

– Ah mais il est à l'heure, ou presque. Tu as vu ça, Clément ? Papa a respecté sa parole. Une fois sur dix, on progresse.

– Allez, j'ai même pas bu un verre, on va pas se fâcher.

– Je ne me fâche pas, je te charrie, je peux non ?

J'ai pris une bonne douche, mis Clément dans la poussette et en route.

- Tu nous emmènes où ?

– J'avais pensé chez Rachid.

– Ah oui tiens, ça fait longtemps.

Chez Rachid, c'était un resto sur une petite place qui était en fait un croisement de rue, la rue des Panoyaux et la rue Victor Letalle. Encore une place, une placette que tu ne trouves pas si tu ne sais pas où chercher. Y-avait trois, quatre bars, restos sympas dont « L'oliveraie » tenu par un pote, Rachid. Pur restaurateur. J'y allais quand je voulais du sérieux. Même si Rachid payait souvent son coup, l'ambiance était plutôt « on déguste » que « on se pochtronne ».

- Ah, voilà l'olive qui revient au bercail.

Rachid me saluait toujours avec cette vanne, un peu bidon : Olivier, Olive, Oliveraie. J'avais eu beau lui dire mille fois que ce n'était pas drôle, ça lui faisait plaisir, alors…

- Salut Bédouin.

– C'est ça, le bédouin, il va vendre ta femme sur le marché si tu continues. Salut Sylvie.

Il adorait ma femme. Assez peu de gens adorait ma femme. Elle n'avait pas ce type de séduction. Elle était entière et je l'aimais pour ça, mais on ne peut pas dire qu'elle déclenchait les passions. Rachid lui trouvait toutes les qualités.

- Salut mon Rachid, tu vas bien ?

– Parfaitement bien. Même si je suis un peu vexé d'être toujours le dernier au courant de tout.

– De quoi tu parles ? demandais-je.

– Il me demande de quoi je parle le traître. Alors, tu viens me faire de la concurrence et tu ne me dis rien.

– Ah, t'as su. Oui, je vais te piquer tous tes clients. Et je suis venu te le dire. Tu crois quand même pas qu'on est venu pour manger dans ta cantine.

– Manger, je ne sais pas, mais on va déjà boire un coup. Cocktail maison pour tout le monde ?

– Même Clément ? demandais-je.

– Ah toi, tu es plus bête que ma sœur et c'est pas peu dire.

Une soirée sans accro. Quatre à cinq fois moins d'alcool que la veille. Même si on restait à des niveaux élevés, Sylvie semblait un peu rassurée. J'allais pouvoir me concentrer sur le Trocard.

Valéry Bonneau

CHAPITRE 10 | INAUGURATION

Les deux, trois semaines de travaux prévues étaient devenues quatre, puis cinq et finalement huit. Le temps, c'est de l'argent et tout cela commençait à coûter. Heureusement, je ne payais ni Franck, ni Seb. Ils me rendaient service à titre gracieux. Franck avait obtenu une rupture conventionnelle le jour où il avait servi une salade avec un joli vers de terre coupé en quatre qui se baladait dedans. Seb ne passait que le soir.

Quant à mon père, il n'était jamais venu. Jamais. Une excuse par jour ou presque jusqu'à ce que je cesse de lui demander quoi que ce soit. Je l'avais pourtant en travers de la gorge. L'argent, la voiture et les excuses bidons, ça faisait beaucoup.

Malgré tout, « le trocard » prenait forme et on pourrait inaugurer rapidement, presque comme prévu. Même s'il était déjà bien fêté : les cuites avaient succédées aux cuites pendant toute la durée des travaux. Quasiment tous les jours, quelqu'un venait sur le chantier nous féliciter, nous payer un coup ou nous souhaiter bonne chance. On ne pouvait pas les mettre à la porte sans offrir le verre de l'amitié. En attendant que le brasseur installe les fûts et les pompes à bière, on servait bière bouteille, ricard, petit blanc et vodka comme à la maison. Sur les six semaines de travaux, j'avais bien lâché mille cinq cents euros de tisane.

Monsieur Gerbaulet passait régulièrement. Il était content de voir le restaurant avancer, fier même j'ai cru remarqué. Il nous la jouait grand patriarche, content que la relève soit assurée. On ne savait pas trop de quoi il parlait mais ça lui faisait tellement plaisir. Quand il se pointait et qu'on était déjà bourré, il poussait des gueulantes infernales. Nous accusait de saloper notre avenir, de mettre le restaurant en péril.

- C'est pas possible de se mettre dans des états pareils, sur son lieu de travail. A cette heure-là !

Nous nous prenions des leçons de vie saine par le plus grand pochtron du quartier.

- Monsieur Gerbaulet, vous avouerez que niveau picole, vous ne pouvez pas trop nous engueuler quand même ?

— Mais bien sûr que si, je peux. Je suis plus vieux que vous déjà, alors ça donne des droits. Et je n'ai jamais, jamais vous m'entendez, bu une goutte d'alcool sur mon lieu de travail.

Là, Franck a pas pu s'empêcher :

- Oui enfin avec vos dix verres du midi, vos deux grammes d'alcool vous les laissez à l'accueil ou vous rentrez avec ?

Il gueulait, on le charriait mais ça faisait marrer tout le monde. Franco est passé également, et ça faisait marrer moins de monde. Les autres ne sachant pas que j'avais emprunté au gros ne comprenaient pas sa présence. Y-a eu un peu de gêne mais avec Franco, on ne montre pas longtemps sa gêne.

- Ah, ça prend forme. C'est bien. Je suis content.

– Oui, on bosse à fond.

– Y-a plutôt intérêt non ?

– Oui bien sûr.

– Et quand je parle d'intérêt, je me comprends. Votre intérêt et mes intérêts quoi. Ahahaha.

Il secouait sa grosse carcasse, avec des mouvements outranciers. Mais s'arrêtait sur commande. Il était aussi flippant quand il riait, que lorsqu'il arrêtait. Il a continué sur quelques blagues bien lourdes puis nous a laissé travailler. Un petit rappel à l'ordre. Rien de plus.

Et la veille de l'ouverture, un trois septembre, sans que je sache si c'était volontaire ou le hasard, Blédard est apparu. Costume impeccable assorti à ses manières, arrivée discrète mais pas fourbe. La classe. Toujours la classe. J'aurais donné cher pour connaître son histoire.

- Azzouz, bonjour, bienvenue, ah, ça me fait plaisir que vous soyez passé.

– Bonjour Olivier. Messieurs. C'est la moindre des choses, et j'aime bien voir des dossiers prendre forme et vie.

Il a regardé et je voyais bien qu'il embrassait tout, qu'il voyait tout sans donner l'impression de fouiner ou de chercher quelque chose.

- Et c'est un bien bel endroit que vous avez là.

C'est vrai qu'on avait bien bossé. Belle cuisine ouverte, plafond brossé émaillé d'argent, long comptoir en zinc, vert émeraude au mur, l'endroit avait de la classe. Si Franck assurait en cuisine, le restaurant pouvait marcher du feu de dieu. Et c'était prévu comme ça.

- Merci Azzouz, ça me fait très plaisir. Vous prendrez bien un verre pour célébrer cette ouverture.

– Volontiers.

– Avec ou sans alcool ?

– Avec.

Je suis passé derrière le bar.

- Azzouz, vous serez mon premier client et c'est ma tournée.

– Alors je prendrai un Cognac, s'il vous plait.

– Et un cognac pour le bar, un.

Il a pris son verre, a fait tourner un peu le liquide, a senti comme un vrai pro, bu une gorgée, semblé apprécier et il a reposé le verre.

- Très bon. C'est la cuvée spéciale ou ce sera la même chose pour tout le monde ?

– Je ne veux pas vendre de la crotte ici, alors on fera en sorte que tout le monde mange et boive des produits de qualité.

– Bon état d'esprit. Combien vous dois-je ?

– Ah mais rien, c'est ma tournée.

– Impossible, vous venez de dire que j'étais votre premier client.

– Oui et je suis très content que ce soit vous le premier client. Mais j'insiste.

– Mon cher Olivier, un premier client qui s'invite et c'est la ruine assurée. Je vais devoir insister plus que vous.

Je pensais qu'il plaisantait mais y-avait pas une lueur d'humour dans son regard.

- Ça m'a plutôt réussi de suivre vos conseils alors je vais continuer. Huit euros. Mais vous me laissez remettre la mienne.

– Avec plaisir.

Blédard allait me porter chance, je le sentais. Le monde, c'est à dire Belleville, enfin mon Belleville allait découvrir mon « Trocard ». Une dernière soirée pour fêter ça et bonjour l'ouverture officielle, le vendredi quatre septembre. Avec inauguration prévue le samedi : coupe de champagne à deux euros, bière, ricard et pinard à un euro le verre et pour le buffet, la maison régalait. Franck avait prévu des assortiments à tomber par terre.

D'ici là, soirée de fiesta avec les potes et Sylvie au « Trocard ». Elle avait laissé Clément à une nourrice du quartier, pour la première fois depuis sa naissance. Clément, je ne le voyais plus trop mais je faisais tout ça pour lui. J'espérais qu'un jour il le saurait. En attendant, direction le « Trocard »...

- Mes mesdames, mes messieurs, je tenais à vous souhaiter à toutes et à tous, la bienvenue dans notre humble établissement, le bien nommé « Trocard »

Tonnerre d'applaudissements. Les potos étaient là: une quarantaine d'amis rencontrés ici ou là depuis près de vingt ans que je traînais sur Paname. Presque deux par an en somme. La plupart étaient venus à un moment ou à un autre pour me filer un petit coup de main ou parfois juste un conseil, mais leur soutien m'était important. C'était la moindre des choses de leur faire une petite fête.

- Je propose un toast au plus tocard d'entre nous, j'ai nommé Olivier.

La vanne venait de Sylvain, un mec avec un bagout terrible. Il aurait pu vendre une bible illustrée à un aveugle athée ou un abonnement à vie à un club de remise en forme à un tétraplégique. Et toujours une blague au bord des lèvres.

- Merci Sylvain, ça me va droit au cœur.

– Et moi, je voudrais trinquer au mari le plus courageux, même s'il est un peu absent.

Tonnerre d'applaudissements renouvelé pour Sylvie. C'est vrai qu'on ne s'en était pas trop mal sorti finalement. Deux semaines dans la vue mais un budget respecté, ou à peu près, et un superbe établissement. A moi, à nous, le début de la fortune.

- Un discours ! Un discours ! Un discours ! reprirent tous les invités en chœur.

Je n'allais pas y couper, alors autant s'y coller avant d'être trop bourré et raconter trop de conneries.

- Merci à tous. Merci d'être venus…. Venus aujourd'hui et, pour les plus courageux, ces dernières semaines pour filer un coup de main. N'est-ce pas, Pascal ?

Tout le monde savait que Pascal n'aidait jamais personne. Sauf niveau thune. Toujours près a dépanner de cinquante euros, mais perdre son temps à déménager, repeindre, poncer, jamais.

- Je pense qu'on a un beau lieu, un très beau lieu. Dans lequel on va très bien manger. N'est-ce pas Franck ?

– Je gère patron, je gère.

– Et où vous serez toujours bien reçus, par moi ou par Seb.

– Avec plaisir les gars, a ponctué Seb.

Je concluais, sobrement.

- Bref, longue vie au trocard !

La suite s'est dissoute dans les vapeurs d'alcool. Le vendredi, gros mal de crâne quand j'ai ouvert les yeux. Déjà huit heures et grand temps de s'y mettre. Premier jour du reste de ta vie, Olive ! Première bonne surprise, Franck et Seb étaient à l'heure, au gardave à huit heures quarante-cinq.

- Allez les mecs, en place.

Seb et moi, on a rangé le merdier de la veille, dressé toutes les tables pendant que Franck assurait la préparation en cuisine. Le midi, ce serait brasserie cool avec deux, trois entrées, plats du jour frais. On démarrait avec « petit salé aux lentilles, escalope saltimbocca, pâtes aux trois fromages » et toujours une entrecôte et deux, trois salades au menu. Classique mais efficace. Le soir, on donnerait dans l'élaboré, le classieux pas banal.

On avait tous la banane. Premier jour, premier grand jour. Franck était un pur cuistot et il avait carte blanche, Seb adorait le bar, la salle, servir et moi, moi j'étais chez moi. Qu'est ce qui pouvait m'arriver ? Vers onze heures, on s'accorda une micro pause pour boire un godet, à la victoire, un peu comme une équipe de rugby. A midi, deuxième pause, pour ouvrir la saison de la chasse en somme.

Douze clients plus tard, on retrinquait. Pour un premier jour, un premier midi, ça partait pas mal. Surtout que les douze clients sont repartis contents, voire très contents. Bon, frais, sympa et une pure ambiance. Notre trio fonctionnait bien avec la cuisine ouverte, très proche des clients. On pouvait se parler, se marrer, faire l'animation. Pour douze euros entrée-plat ou plat-dessert, rapport qualité prix, nous étions imbattables. Niveau attente par contre, on avait réussi à se mettre dans le jus avec douze couverts. Mais pour un premier jour, aucune raison de s'inquiéter. Un treizième client fit son apparition vers quatorze heures.

- Monsieur Gerbaulet, soyez le bienvenue dans ce modeste établissement.

– Salut les tocards.

– Trocards ! Tro-cards ! a lancé Franck depuis sa cuisine.

Monsieur Gerbaulet s'est collé au comptoir, avec un naturel que seuls savent déployer les vieux pochtrons de bistrot. Il avait trouvé sa place instinctivement. Pourtant, il semblait agité.

- Je suis tout chamboulé, j'ai posé une demi-journée et j'ai plus mes repères. Fais donc péter un demi et un ricard. Dans le doute.

– C'est parti !

Je lui servais les deux qu'il vida quasiment instantanément en commençant pas la bière avalée d'une gorgée.

- Vous allez manger ici ? C'est la maison qui invite.

– Tu m'as bien assez invité depuis trois mois, aujourd'hui, je paye. Et perds tout de suite cette habitude de rincer tes clients. D'abord tu les fais casquer, que l'argent rentre dans ta caisse et après, après seulement, tu offres une rasade. Si tu veux que ta turne dure plus de six mois, c'est dans cet ordre-là que ça se danse.

– Oui mais…

– Mais rien du tout gamin, rien du tout. Je t'autorise à me rincer un petit digeo, mais pour le reste, je paye.

– A votre service monsieur Gerbaulet.

Treize clients, un chiffre d'affaire de deux cent euros. Je partageais mes bons comptes avec monsieur Gerbaulet. Par rapport à nos prévisions, pour un premier jour, on était dans les clous. Les vingt couverts restaient atteignables mais il n'avait pas l'air aussi convaincu que moi.

- Mais tu comptes comment là?

– Comment ça?

– Tes deux cent euros, c'est hors taxe ou c'est ce qu'il y a dans la caisse ?

Et voilà, il recommençait à m'embrouiller.

- C'est ce qu'il y a dans la caisse…

– Bon dieu, tu ne vas pas commencer à mélanger la caisse et ta poche, le hors taxe et le toutes taxes comprises !

– Allez, ça ne change pas grand-chose.

Il a vidé son verre cul sec de colère.

- Ce qu'il ne faut pas entendre. La TVA, tu la collectes pour l'état. Tu lui rends à la fin du mois. Cet argent n'est pas à toi et si tu le dépenses, ça ne va pas coller.

– C'est pas énorme non plus. TVA à 7% sur les repas, 20% sur l'alcool, ça va.

– Pas énorme qu'il me dit.

Dans l'énervement, sa main cherchait un verre mécaniquement. Je lui resservais bière et ricard sans qu'il ne demande.

- T'as appris à compter pourtant. Admettons, tu fais dix mille euros de chiffre, entre la tva à 7% pour la bouffe et à 20% pour la picole, ça te fait un bon mille euros de TVA. Ça se paye au trimestre, tu feras comment quand tu devras sortir trois mille euros que t'auras picolé ou claqué, hein?

Il était sympa Gerbaulet, mais toujours à la ramener, à faire peur, à pas faire confiance. C'était lourd, surtout un jour comme ça.

- C'est bon, je ne suis pas débile. Et si j'ai pris une comptable, c'est pour qu'elle s'en occupe.

– Mais si tu mets tout dans ta poche, de quoi tu veux qu'elle s'occupe. Tu dois déposer tout l'argent à la banque pour qu'elle s'y retrouve.

– Dites, vous êtes venu pour me manger la tête ou pour fêter ça ?

– Te manger la tête si besoin.

– Fallait pas vous embêter alors. Le digeo est pour moi.

Et je lui tournais le dos, faisant semblant de nettoyer le bar, remettre des bouteilles en place.

- Ecoute-moi gamin.

Je faisais volte-face.

- Je ne suis pas votre gamin, vous me faites chier là ! J'ai pas besoin des conseils d'un poivrot en fin de carrière. S'il me vient l'envie de développer une cirrhose, je sais où vous trouver, pour le reste, je me passerai de vos services.

Y-a des gens qui n'ont pas le sens du timing. Je ne voulais pas entendre ça mon premier jour. Mon premier week-end. Il n'a rien dit. M'a regardé tristement, a posé vingt euros sur le comptoir, a embrassé le resto du regard. Il a lancé à Seb et Franck un « salut les gars » et avant de partir m'a regardé et a ajouté :

- J'espère sincèrement que tu as raison et que j'ai tort.

CHAPITRE 11 | JUSQU'ICI TOUT VA BIEN

Monsieur Gerbaulet avait tort. Le lendemain, l'inauguration officielle a rameuté un monde terrible. Tout le resto était plein à craquer, du sol au plafond, et ça dégueulait dehors. On a dû voir passer trois cent ou quatre cent personnes. Il faut dire qu'à un euro la coupe de champagne, entre mes connaissances, celles de Seb et Franck, le bouche à oreille avait bien fonctionné. Dans une ambiance de folie, on a passé cent bouteilles de champagne, deux fûts de bière et je ne sais pas combien de litres de vodka et de pinard. Le buffet de Franck a été vandalisé et l'inauguration montrait le resto tel que je le voulais : beau, bon, abordable et rock'n'roll.

De ce moment, les clients ont commencé à affluer. Le midi, c'était cantine de bureau, mais de qualité, et le soir, Franck se lâchait et proposait de la super bouffe. Originale. Oublié le sempiternel magret, la pièce du boucher anonyme ou le confit surgelé. Ici, on mangeait des brochettes de lotte rôtie, du burger de foie gras, des os à moelle, de la glace à l'ail. Que des créations maison pour un prix abordable. Comme nous étions trois pochtrons, nous arrosions le tout de rasades de vodka caramel de manière régulière. J'avais même une grande bouteille de cinq litres : une pression sur la tête et zou, un petit shot de vodka caramel.

Ambiance zen le midi et rock'n'roll le soir, le « Trocard » était le resto dont j'avais rêvé. On a rapidement tourné à trente couverts le midi et une vingtaine le soir. Bien au-delà de nos prévisions. Et on faisait beaucoup plus de bar que prévu. Il n'y avait pourtant pas trop la place de boire au comptoir, mais toute une bande s'était créée sans que je sache trop comment d'ailleurs : La Cloche, grande gueule qui travaillait dans des grosses boites et qui faisait un métier que personne ne comprenait, Pierrade, un mec triste qui souriait tout le temps, Tequiman, rapport à sa consommation de tequila incroyable, ouvrier du livre qui passait beaucoup de temps à lire dans le fond de son verre et Roberto, qui avait une boite de rénovation. Il valait mieux éviter de le faire travailler quand il sortait de chez moi. Plus tout un tas d'autres personnes, moins assidues, mais ça faisait du monde, beaucoup de monde au bar. Ils mangeaient aussi, mais plutôt vers vingt-trois heures que vers vingt heures. Ils me faisaient des bonnes soirées vu le nombre de tournées qu'ils se mettaient. La piste de 421 chauffait sans arrêt et ils passaient souvent à table après dix à quinze verres chacun.

J'aimais bien cette ambiance ; non, j'adorais cette ambiance. J'en rêvais en créant le bar mais ça me paraissait à peine possible, pensable. Et pourtant au bout de six mois, on y était. Seul bémol mais de taille :

je picolais de plus en plus. Seb et Franck s'y étaient mis également avec chacun son vice supplémentaire: le chichon pour Seb et la coke pour Franck. La première fois que Franck était venu me chercher en me glissant un petit sachet dans la main et ajoutant « Tiens, vas-donc aux chiottes », ça m'avait fait bizarre. Je ne peux pas dire que je n'y avais jamais touché. Mais modérément. Et toujours en privé, jamais dans un lieu public. Surtout pas le mien.

Mais là, la fête, l'euphorie, un vendredi où on avait cartonné, j'ai pensé « pourquoi pas » ? Toute la clique habituelle était encore au bar, on se marrait bien. Je suis allé me faire deux lignes aux chiottes et en revenant, je n'avais plus du tout envie que ça se finisse. Il était pourtant près de deux heures et si les flics passaient, je pouvais me prendre une amende, voire une fermeture administrative. Alors j'ai eu une idée et j'ai gueulé :

- Tout le monde dans la salle du bas.

Les poivrots ont suivi bien sûr, les poivrottes aussi, et nous avons inauguré une des nombreuses nocturnes du Trocard en sous-sol. Ce soir-là, enfin ce matin-là, on a baissé le rideau à sept heures. On n'avait pas de service le samedi midi, mais il fallait préparer le service du samedi soir, généralement le plus compliqué. Ça promettait un lendemain pénible mais quelle superbe soirée !

Sylvie n'était pas du même avis. J'étais père deux heures par semaine et mari, quelques heures le dimanche et éventuellement lors d'une sieste par-ci par-là. Mais de plus en plus, les apéros du midi s'éternisant, tendaient à grignoter les siestes.

- De mieux en mieux. Sept heures du matin. Pas une minute pour Clément ou moi, mais toujours cinq heures pour traîner avec tes pochtrons de potes.

Je ne pouvais pas répondre grand-chose. Elle avait raison et je le savais. Mais le mélange alcool et coke rend assez peu de gens compréhensifs, subtils et tolérants. Moi, il me transformait en connard de première.

- Tu ne vas pas me faire chier. On a bossé, très bien bossé. On a voulu le fêter un peu, c'est tout. Tu préférerais que personne ne vienne ?

– Je préférerais que tu t'occupes un peu de ta famille.

– Je fais ce que je peux. Je dois faire bouillir la marmite puisque madame n'a pas été foutue de trouver mieux que caissière.

– Pas la peine d'être con. Je te demande juste de passer un peu de temps avec nous, au lieu de tout le temps te bourrer la gueule.

– Oui, bah, je bosse comme une brute, alors j'ai besoin de me détendre. Et vu comment tu me fais chier, je ne risque pas de la trouver ici la détente. Je vais me coucher, j'ai une grosse journée de boulot demain, moi.

Sur cette phrase de connard, je suis allé me coucher. Il était sept heures trente, mais la coke m'empêchait de fermer l'œil. Mes dents grinçaient, mon cerveau tournait à fond et j'ai dû attendre la descente pour m'endormir. Il devait être neuf heures trente. Levé à treize heures trente, ça me faisait une petite nuit et une petite forme. Toute petite forme. Mais le boulot m'appelait : douche, café et j'étais prêt à repartir. Sylvie me fit remarquer que j'avais été bien con la veille. J'hésitais à avancer l'excuse de la coke, mais ça me parut presque pire alors je me limitais :

- L'alcool m'a rendu con, je suis désolé.

– Je commence à croire que t'étais con avant de te mettre à boire.

Je tentais une diversion.

- Je suis con et pochtron mais au moins, je suis fidèle et honnête.

J'aurais craché sur la table qu'elle ne m'aurait pas regardé autrement.

- Sur la fidélité, on ne va pas ouvrir le débat maintenant. Mais l'honnêteté, ça inclut le mensonge ou pas pour toi ?

Merde, qu'est-ce qu'elle racontait ?

- Oui, il me semble.

– Alors peut-être que monsieur Honnête peut m'expliquer d'où vient l'argent qui lui a servi à monter son bar ?

On ne parlait quasiment plus de mes parents depuis quelques temps. J'avais espéré qu'elle n'était plus en contact avec ma mère.

- Je ne comprends pas ce que tu veux dire.

– Que tes parents ne t'ont prêté qu'une petite partie de la thune dont tu avais besoin. Que tu m'as menti. Et que ça commence à faire beaucoup !

Mon cerveau n'était pas en mesure de riposter à ce genre d'attaque. Restait la fuite mais ce serait un peu trop visible. J'optais pour la vérité. Presque.

- C'est vrai, mes parents ne m'ont prêté que dix mille euros. Pour le reste, je me suis arrangé autrement. On m'a prêté de l'argent.

– Qui « on » ?

– Tu ne connais pas. Je n'ai pas voulu t'inquiéter,

c'est tout.

— Et ce « on que je ne connais pas » t'a prêté combien ?

— Quelques dizaines de milliers d'euros.

— Combien ?

— Cinquante mille euros.

— Quelqu'un, que je ne connais pas t'a prêté cinquante mille euros, comme ça, sur ta bonne gueule ?

Je n'allais pas m'en sortir.

- Exactement.

— Et à un taux privilégié, j'imagine ? Tu me prends vraiment pour une conne. T'es allé voir qui ? Un usurier ou quoi ?

Oui, voilà, un usurier. Et au point où j'en étais, mieux valait avouer. Au moins, ça me libérerait.

- Franco m'a prêté l'argent.

Si la combustion spontanée avait existé, je crois que Sylvie se serait vaporisée sous mes yeux.

- Tu as emprunté cinquante mille euros à Franco ? Mais t'es complètement con !

Je n'avais pas eu de problème pour rembourser jusque-là, mais sur le principe elle avait raison.

- Peut-être, mais c'est fait et dans trois ans, même pas, deux ans et demi, ce ne sera plus qu'un mauvais souvenir.

Elle s'est assise, enfin, elle est tombée sur une chaise. Navrée plus qu'énervée. Elle a relevé la tête et je n'ai vraiment pas aimé ce que j'ai vu dans ses yeux.

- Je pensais que tu ne pouvais plus me décevoir.
Merde.

- Je dois aller bosser. Je rentrerai tôt. On pourra profiter d'un dimanche en famille.

Je suis passé voir Clément. Il dormait. Je l'embrassais, puis Sylvie qui ne réagit pas et je suis parti bosser avec la volonté de rentrer tôt. A peine arrivé au Trocard, Franck me proposait une petite ligne avant le service. Vu ma fatigue, j'ai pensé que ça pourrait m'aider à tenir et surtout à ne pas penser. J'en ai pris deux pour la symétrie.

Le samedi s'avéra apocalyptique : tous les habitués étaient là, plus des nouveaux qu'un article dans le supplément du « Paris la nuit » du Point avait attirés. Ricard, ricard, ricard, vodka, vodka, vodka et sur les coups de deux heures, je tenais une forme d'enfer. Avec une seule envie : continuer la nuit. Mais en dehors du resto, pour éviter les embrouilles si les flics venaient. Après que Franck, Seb et moi nous soyons rechargés d'une petite ligne, nous étions partis. A Paris, tu trouves toujours un bistrot prêt à te servir de la picole jusqu'au bout de la nuit. Si tu cherches les bars branchés, les boîtes à la mode, faut oublier, mais pour se descendre une vodka, il y a toujours une solution. On a fini au bien nommé « Cherchez plus ». De verre en verre, six heures trente ont sonné avant qu'on ne décolle. Sylvie ne m'a réservé aucun comité d'accueil, mais une couette était préparée sur le canapé. Je suis allé me coucher dans notre lit parce que fallait pas déconner.

Le dimanche fut ombrageux. Sylvie ne décolérait pas et avec le mal de crâne que je me tapais, je souhaitais rester sous la couette et rien d'autre. Je savais que je n'avais pas d'arguments. Pire, objectivement, j'avais tous les torts. J'étais bourré tous les soirs sauf le dimanche. Du lundi au jeudi, petite cuite et le vendredi et le samedi, maxi-cuite. Pourtant quand Sylvie me fit la remarque un peu plus tard, je niais l'évidence.

- Pas toutes les semaines, ça s'est trouvé comme ça parce qu'on a cartonné.

– Et donc ? Chaque fois que tu vas cartonner tu vas rentrer bourré aux aurores ? J'ai le choix entre un mari bourré ou une faillite, c'est ça ? Sans oublier que la faillite, ça veut dire Franco en bas de l'immeuble pour récupérer son pognon.

J'esquivais le sujet Franco pour rester sur l'alcool.

- Je vais me calmer, mais tu sais les clients sont là, c'est dur de résister.

Vrai que c'était dur de lutter. Tout le monde se marrait, rigolait, buvait des coups alors quand t'aimes ça plutôt plus que les autres… J'avais pas de plan pour que ça s'arrête, mais je ne m'imaginais pas non plus faire ça toutes les semaines. D'une manière ou une autre, je finirai bien par me calmer. J'étais confiant. Sylvie un peu moins.

- Si c'est dur de résister, pourquoi tu résisterais plus demain qu'hier ?

– Parce que je vais bien me lasser.

– Ah d'accord, alors j'ai juste à attendre que tu te lasses de te prendre des cuites et tout va rouler ?

– C'est pas ce que j'ai voulu dire.

– C'est pourtant ce que t'as dit. Je n'ai pas envie que le premier mot de ton fils soit picole, bourré ou vomi, je te le dis tout de suite.

– On en parlera plus tard si tu veux bien, je vais dormir un peu là.

– Le salut dans la fuite, comme d'habitude.

– Oui voilà, c'est ça.

En émergeant vers quatorze heures, je n'avais pas arrangé mon cas. Au contraire. Mais j'étais crevé, sans envie de discuter. J'aurais pu me rendormir mais je n'entendais aucun bruit. Sylvie avait dû sortir promener Clément. Je me suis préparé un bon café, j'ai pris un bain. Une heure de détente rien que pour moi. Le bonheur. Dans la baignoire, je me prenais à rêver : le succès, de plus en plus grand, et puis l'ouverture d'un autre resto, peut-être d'une chaîne, qui sait ? Une chaîne de « Trocard », ce serait marrant. J'allais régler les choses avec Sylvie, picoler un peu moins et tout irait bien : le travail, l'argent, les amis et la famille.

En parlant de famille, je devais appeler mes parents. On ne se voyait pas tous les jours avant mais depuis l'ouverture du restaurant, ils se faisaient très discrets. Ils étaient passés en coup de vent à l'inauguration et depuis rien ou presque. Même ma mère appelait moins. En sortant de mon bain, je composais son numéro.

- Allo Maman ? C'est Olivier.

– Bonjour, tu vas bien ?

– Oui, oui, ça va. Et vous ?

– Ca va mon chéri. Tout doucement. Mais ça va.

– Vous ne venez pas souvent au restaurant.

– C'est un peu compliqué en ce moment.

– Mais qu'est-ce qui est compliqué ? Vous ne venez jamais me voir ! Je pensais que vous seriez fiers de moi, de ma réussite mais non rien. C'est incroyable !

– Bien sûr que nous sommes fiers. Mais ce n'est

pas la porte à côté.

— Vous habitez à Nanterre. On parle pas de faire un marathon. Vous pourriez vous déplacer jusque dans le dixième, non ? Je ne vais pas déménager mon bar !

— Ecoute, ton père est un peu fatigué en ce moment. Je préfère le ménager.

— Tu le ménages depuis combien de temps, parce que l'ouverture, c'était il y a trois mois.

— Justement. Ça dure plus longtemps que prévu. Et, et j'aurais bien aimé t'en parler de vive voix.

— Me parler de quoi ?

— De nous, de l'avenir, de la vie.

— Tu sais, avec le boulot que j'ai, je suis pas sûr d'avoir le temps de taper la discute sur la vie, la mort, autour d'une tasse de thé.

— Tu l'as dit, Nanterre ce n'est pas si loin. Alors viens aujourd'hui.

— Aujourd'hui mais…

— Viens, a-t-elle insisté.

— D'accord. Je peux être là vers dix-sept heures ?

— Très bien.

— Avec Sylvie et Clément ?

— C'est peut-être mieux que tu viennes tout seul.

Voilà qui n'allait pas faire remonter ma cote auprès de Sylvie. Qui débarquait vingt minutes plus tard alors que j'allais partir.

- Je rêve, tu t'en vas là ?

— Je dois aller voir mes parents.

Elle a marqué un temps.

- Ah. Tu as eu ta mère ?

— Oui, elle m'a dit de venir aujourd'hui, seul. Je te promets que ce n'est pas un truc pour aller picoler dehors.

– Je comprends. Passe le bonjour à ton père. A ce soir.

Je m'attendais à une avoinée de première, mais elle m'a embrassé. Ils étaient de mèche, je le voyais, mais à propos de quoi ? J'y réfléchirai sur le chemin. Ligne 6 jusqu'à Charles de Gaulle, RER A et j'étais chez mes parents. Toujours dans le brouillard. Peut-être qu'ils allaient m'annoncer qu'ils me filaient de la thune pour le bar. Je pourrais rembourser Franco plus vite. J'interrompais mes réflexions quand ma mère vint m'ouvrir. Vieillie. Des cernes de compétition et l'impression qu'elle avait pleuré sans interruption depuis trois semaines.

- Ça va, mon chéri ?

– Ça va, mais toi ? Tu n'as pas l'air très bien.

– Viens dire bonjour à ton père.

Mais au lieu d'aller vers le salon, elle s'est dirigée vers les chambres du premier.

- On va où ?

Pas de réponse. Arrivée à leur chambre, elle a murmuré :

- Jean-Louis ?

Une voix caverneuse a répondu « oui, entrez ». Je ne suis pas un grand écrivain alors c'est dur de décrire ce que j'ai vu et encore plus ce que j'ai ressenti. Mon père, bien portant naturel, avait dû perdre trente kilos en plus de ses cheveux. J'avais souvent entendu des clients évoquer des proches marqués par la mort. Je venais de comprendre ce qu'ils voulaient dire. Mon père était mort ou quasiment. Les yeux n'avaient plus aucune flamme. Je repensais à la dernière fois que je l'avais vu. Il semblait fatigué, un peu usé, un peu las peut-être mais en vie.

- Papa ? Mais, papa, qu'est-ce qui se passe ?

– Viens là, mon fils.

C'était un souffle plus qu'une voix. Je m'approchais. Il sentait les médicaments, le vieux, et la mort. Si la mort a une odeur, je l'ai sentie ce jour-là.

- J'ai un petit peu changé non ? dit-il sur un ton qu'il espérait celui d'une plaisanterie.

– Mais pourquoi tu ne m'as rien dit ?

Je me retournais vers ma mère, le regard chargé de reproches.

- Pourquoi tu ne m'as pas prévenu ?

– Tu montais ton affaire, on ne voulait pas te déranger, être un poids. Déjà qu'on ne pouvait pas t'aider comme tu aurais voulu, on n'allait pas t'entraver.

– Mais on est très fier de toi, a ajouté mon père, le visage marqué par l'effort.

– Mais merde, vous auriez dû m'appeler.

– Ton père ne voulait pas. Je pense qu'il a culpabilisé à cause de cet argent qu'on a dilapidé.

– La belle affaire. Ce n'est plus important.

– Oui, je sais bien, mais, cet argent, nous l'avons utilisé pour un traitement pour ton père. Et comme il ne va pas mieux, il s'en veut encore plus.

– On aurait mieux fait de te prêter les sous, a-t-il toussé.

Comment autant d'argent avait pu disparaître pour soigner quelqu'un dans un pays où la médecine était censée être gratuite, ça me dépassait complètement. Mais pour ce que je m'en foutais à présent.

- Et alors quand tu ne pouvais pas venir m'aider,

c'était pour ça ?

– Oui.

Quel con, quel connard égoïste j'avais pu être. Je n'avais rien vu, strictement rien vu. Tout à ma joie, tout à mes affaires, j'avais complètement zappé mes parents et je retrouvais mon père à l'article de la mort.

- Vous auriez dû m'en parler. Enfin, si je n'avais pas appelé aujourd'hui ?

– Je t'aurais prévenu dans la semaine, a précisé ma mère.

Je demandais à mon père ce qu'il avait comme maladie, même si je connaissais déjà la réponse.

- D'après toi ? Un cancer. Généralisé depuis peu. Avant que tu ne demandes, il me reste quelques semaines à vivre. Dans le meilleur des cas. Ou le pire des cas d'ailleurs, vu ce que je souffre.

Et il souriait en disant ça. J'ai passé la fin de journée près d'eux. Ma mère nous a apporté des assiettes mais mon père ne pouvait rien manger. Ça tournait dans ma tête, je m'en voulais, je leur en voulais, j'avais envie de crier, hurler, taper et surtout de pleurer. En partant, je leur ai promis de revenir le dimanche suivant mais une semaine, pour mon père, représentait une année.

En rentrant, vers vingt-deux heures, je m'arrêtais aux folies pour prendre un verre. Oublier. Je me suis jeté je ne sais combien de vodka caramel en un temps très court. J'étais complètement saoul quand le téléphone a sonné. C'était Sylvie bien sûr.

- Tu es où ?

Sa voix n'était pas agressive. J'ai ânonné que j'étais aux folies.

- Ah. Et tes parents ?

– Je peux pas en parler maintenant. J'arrive.

J'ai raccroché. Je n'avais pas envie de me faire consoler. Sauf par l'alcool. Sûrement parce que je me sentais coupable. Ma pénitence, ridicule et pitoyable : ne pas me faire consoler. Avec ce que je tenais de toutes manières, Sylvie ne risquait pas d'avoir beaucoup d'empathie. Je me suis repris deux-trois vodka avant de rentrer. Arrivé sur le pas de la porte, ne réussissant même pas à mettre la clef dans la serrure, Sylvie a fini par ouvrir la porte. Je suis tombé dans ses bras en pleurant.

Mon père est mort six semaines plus tard. Six semaines que j'ai vécues dans le brouillard entre le boulot, l'alcool et le chagrin. Je rentrais tous les soirs défoncé et les week-ends plus encore et je partais voir mon père le dimanche vers midi. Sylvie est venue une fois, pour dire au revoir à mon père. J'ai appris qu'elle était au courant depuis un moment, mais ça n'avait plus d'importance. Un jour de février, presqu'un an après que ce con m'ait mis une tarte dans la gueule, on enterrait papa au cimetière du centre à Nanterre. J'aimais mon père. Je n'avais jamais été trop proche de lui, mais on était liés, c'était mon père. Toujours là pour moi et moi, jamais pour lui. C'était le plus frustrant : ne pas avoir été là pour lui la seule fois qu'il avait eu besoin de moi. Connard d'égoïste. Je me détestais. Et ce n'est jamais bon de se détester, ça fait rarement avancer les choses dans le bon sens.

Sylvie cherchait par tous les moyens à me faire accepter que je n'y étais pour rien, que je n'aurais pas pu changer grand-chose et que de toutes manières, j'étais là pour ses dernières semaines, ses dernières heures et qu'il était parti en paix. Mais ça sonnait creux, vide. Ou alors ça me faisait une bonne excuse pour picoler plus. Au bout d'un certain temps, entre le chagrin, la fatigue, la vodka et la coke, j'errais dans un état de décomposition avancé.

CHAPITRE 12 | UN RAIL DE SECURITE

Sept mois après l'ouverture du Trocard, je fonctionnais en pilotage automatique : lever, douche, café, direction le resto, un rail avant le service, bière, ricard, vodka pendant le service, retour à l'appart, sieste, retour au Trocard, ligne avant le service, vodka sur vodka pendant le service, fiesta, vodka et coke après le service. J'étais devenu le Jean-Luc Delarue de la restauration. Et j'avais des sosies parce que Franck en prenait encore plus que moi. Même Seb qui avait toujours refusé, venait d'accepter sa première ligne.

Sylvie et Clément étaient des fantômes dans ma vie, comme j'en étais un dans la leur. Sylvie avait baissé les bras et semblait attendre un déclencheur quelconque, un déclic qui me ferait sortir de ce cycle infernal. Mais le resto était plein tout le temps et j'étais en surchauffe permanente. Je prenais de plus en plus souvent dans la caisse pour payer la coke, les fiestas. Je passais des super soirées avec tout la clique mais je finissais de plus en plus souvent totalement cramé et de plus en plus agressif. J'avais envoyé chier à peu près tous mes potes, plus ou moins gentiment, et je m'étais même battu avec Franck. Franck et moi, ç'avait toujours été une histoire compliquée : meilleurs amis, meilleurs ennemis mais je pensais qu'on se calmerait avec un projet commun. Sauf qu'on ne se calmait pas, on couvait. On couvait les emmerdes.

Blédard repassait pour manger assez régulièrement. Toujours très classe, très propre. Prenant toujours un verre, jamais plus de trois. Je cherchais l'arnaque, j'attendais le moment où il me taperait de la thune, ou me prendrait à part pour me demander « un service que je ne pourrais pas refuser » mais rien.

Monsieur Gerbaulet aussi était revenu. Je n'étais pas le premier à l'avoir traité de vieil alcoolique. Il ne parlait plus de la manière dont je gérais le bar, même si je le voyais parfois secouer la tête lorsque je prenais de l'argent trop ostensiblement. Il passait prendre un verre tous les week-ends et parfois en semaine. Je n'avais plus besoin de lui et j'avoue que sa présence me pesait. Je l'aimais bien mais je préférais le temps où j'allais à sa rencontre plutôt que l'inverse. Surtout que ses prévisions commençaient à se réaliser. Notre relation s'en ressentait.

Ma comptable m'avait appelé un lendemain de grosse soirée. Un jeudi particulièrement arrosé. J'avais ouvert les yeux péniblement, Sylvie me demandant ce que j'avais encore foutu. En me découvrant dans la glace, la réponse était claire : n'importe quoi. J'avais un cocard, des traces de griffure et une croûte sur le pif. J'avais appris un peu plus tard que j'avais choppé la croûte en jonglant avec des petits verres à shot.

L'un d'eux s'était cassé en me tombant sur le tarin. Le cocard, Franck me l'avait collé après que je l'ai traité d'enculé et les griffures venaient d'un rosier dans lequel j'étais tombé en rentrant. Pas le jour idéal pour fouiner dans des bilans comptables mais la comptable insistait :

- Ecoutez, ça ne va plus du tout là. Il n'y a rien qui tombe juste. Vous ne mettez pas assez d'argent à la banque. On ne va pas pouvoir tout payer.

– Ne vous inquiétez pas, je vais lever le pied, faire attention et ça devrait rouler.

– Mais comment ? On doit cinq mille euros de TVA et on ne les a pas.

Merde. Cinq Mille euros.

- Pas grave, je vais faire attention et on va vite remonter la pente.

– Si vous n'arrêtez pas tout de suite, je vous le dis, ça ne va pas rouler très longtemps.

J'ai essayé pourtant, j'ai vraiment essayé de faire attention, de moins prendre dans la caisse, de moins picoler, de limiter la coke, mais le mois suivant, la comptable me rappelait :

- Vous devez maintenant six mille cinq cent euros de TVA, à payer d'ici quinze jours. Si vous n'avez pas régularisé d'ici là, on va se prendre une amende. En attendant pire.

– OK, ok. Il faut que je mette combien ?

– Mais il faut que vous mettiez tout ce qui rentre dans la caisse à la banque. Arrêtez de mélanger la caisse avec votre poche.

Sauf que c'était pile le mois où on a eu une grosse baisse de régime. Le midi passait encore mais le soir, la recette a chuté de mille euros à cinq cent. Moitié moins de client. Les habitués m'expliquaient que l'ambiance se dégradait et que manger son velouté de saint jacques entouré de gens qui s'insultaient, braillaient ou picolaient comme des porcs, ça diminuait le plaisir. Le fait que j'ai envoyé chier plusieurs clients des soirs où on était tous trop cramés pour bosser n'aidait pas. Alors j'ai vraiment calmé le jeu, j'ai pris peur. Interdiction de coke, moins de picole et plus d'insulte ou de musique à fond pendant les repas. Mais ça n'a pas suffi, ou ça arrivait trop tard. Les clients revenaient petit à petit mais pas assez vite, ni assez nombreux. Et le dilemme est arrivé lorsque la comptable a lancé :

- On ne peut pas tout payer. C'est TVA ou votre prêt et les salaires. Mais tout, ça ne passera pas.

— Comment ça, ça ne passera pas ?

— Mais ça fait deux mois que je vous explique qu'il n'y a plus d'argent, que vous prenez trop dans la caisse !

— Oui mais je ne pensais pas que c'était si grave.

— Mais il vous faut quoi ? On devait cinq mille euros de TVA, puis six mille euros et maintenant sept mille et il faut payer demain. Il n'y aura plus assez pour le reste.

— Et si on ne paye pas la TVA ?

— Alors vous aurez 10% d'amende et on passera à sept mille sept cent et si vous continuez à ne pas payer, on devra neuf mille le mois prochain.

— Merde.

— Le plus simple, ça me parait de ne pas payer le remboursement du prêt ce mois-ci, trouver quatre ou cinq mille de liquidité pour gagner du temps et payer TVA plus salaire.

Ne pas payer Franco ? Ça ne me paraissait pas une option viable. Mais à ce stade…

- Tu veux un peu plus de temps pour payer ?

Son sourire mielleux me soulevait le cœur. Sa grosse carcasse tremblotait de plaisir et il ne faisait rien pour le cacher.

- Oui, j'ai un petit souci avec la banque et la TVA mais rien de grave.

– Rien de grave, tu es sûr ? Parce que j'entends de drôles de choses sur ton établissement.

– Ah ?

– Oui, que c'est un repère de drogués. Qu'on y sniffe de la coke dans les cuisines. Mais en mode Diner-spectacle avec les cuisines ouvertes sur la salle. Faut le faire.

C'est vrai qu'un soir, on s'était un peu lâché : Franck et moi, on se faisait rail sur rail sur le plan de travail, quasiment devant les clients.

- Si tu continues comme ça, je vois mal comment tu pourras me rembourser la suite. Vingt-et-un mille sur soixante mille euros, on n'est pas au bout et tu demandes déjà une rallonge ?

– Juste ce mois-ci. Juste décaler d'un mois les remboursements. Deux peut-être.

– Un ou deux ?

Ses yeux de fouines ne me lâchaient pas et il y avait du défi dans sa voix, genre « trompe-toi et tu le payeras cher ». Comme je ne voulais pas retourner le voir le mois suivant, j'ai annoncé deux.

- Deux mois de délai, a-t-il répété.

Il a fait semblant de réfléchir et a annoncé, grand seigneur :

- Accordé. Je décale tout de deux mois. Mais j'ajoute aussi deux mois de remboursement.

— Mais, ça fait six mille euros.

— Tu préfères qu'on solde nos comptes maintenant ?

Six mille euros de pénalités, même un banquier n'aurait pas été plus malhonnête. Mais je n'avais aucune prise, aucun autre choix qu'accepter.

- Va pour les six mille euros alors. Merci.

— Vous finissez toujours par dire merci.

Sauf que le mois suivant, on entrait dans l'été, et comme je n'avais pas de terrasse, mon chiffre a encore baissé. Je me retrouvais au milieu de l'été en banqueroute. Salaires ou Franco, je devais encore choisir. J'ai tenté d'en toucher deux mots à Franck et Seb mais ça ne les intéressait pas des masses de bosser à l'œil.

- Pardon ? Tu te fous de la gueule de qui, là ? Je bosse cinquante heures par semaine ou plus dans ta cuisine et je devrais le faire gratos ? Mais t'as vu jouer ça où ?

— Je te demande ça comme un service. Juste un mois. Je te payerai double le mois prochain.

— Service mon cul. La bouffe, la cuisine, je gère. Le reste, c'est ton problème.

Seb était plus mesuré mais le fond était le même et depuis qu'il avait mis le nez dans la coke, il était pire que nous.

- Comment je m'achète mes doses sans salaire ? Tu me proposes de sniffer de la farine coupée au safran, c'est ça ? Si on va par là, je vois pas pourquoi je continuerais à bosser ici. C'était bath mais si tu payes plus…

J'étais coincé. Ma mère n'avait plus aucune liquidité et semblait attendre la mort. Mort qui m'aurait bien arrangé mais je rougissais de honte rien qu'à le penser. Sylvie bouillait de rage et refusait de demander un centime à ses parents pour fournir un alcoolique drogué. Le banquier avait déjà refusé trois fois des avances ou des découverts plus importants.

Je ne pouvais pas me planquer mais c'était pourtant ce que je souhaitais. Disparaître. Me cacher pour que les problèmes se règlent d'eux-mêmes. Mais les problèmes sont arrivés un lundi midi, peu après le service. Deux géants sont entrés dans le resto pendant qu'on nettoyait. Un géant blanc et un géant noir. Ils se ressemblaient vachement. Le géant noir a dit :

- Paraît que tu ne payes pas tes factures ?

Le géant blanc a ajouté :

- En tous cas pas les bonnes.

J'ai tout de suite identifié des sbires de Franco.

- Ecoutez les gars, c'est la banque qui a bloqué le paiement, c'est pas moi. Mais je peux donner la moitié en liquide.

Le noir m'a regardé :

- En liquide ? Tu veux dire avec ton sang ?

Il n'avait pas l'air de plaisanter, mais j'ai ri bêtement quand même :

- J'avais plus pensé à du cash.

— Ah, ce liquide-là. Ben aboule, c'est trois mille euros.

— Mais j'ai que mille cinq cent là.

— On parle pas de la même moitié alors. Mais on repassera demain, a ajouté le blanc.

Je pensais qu'ils allaient me frapper mais non. Ils sont repartis sans rien dire. Vu leur dégaine, ils n'avaient même pas besoin de frapper pour être menaçants. J'avais vingt-quatre heures pour trouver mille cinq cent euros. Ou mille euros si je prenais la recette de la journée.

J'ai pris la recette de la journée et alors que je partais voir ma mère, Blédard est apparu. C'était son truc : apparaitre avec l'attirail sourire discret, élégance, discrétion.

- Bonjour Olivier. Trop tard pour un petit digestif ?

J'avais trois heures pour faire l'aller-retour jusqu'à Nanterre. Je pouvais prendre le temps de payer un verre à Blédard. Ça me détendrait.

- Pas du tout. Cognac ?

– Un cognac, ce sera parfait.

Je l'ai servi. Il a fait tournoyer le liquide lentement, l'a humé, goûté, reposé.

- Vous privatisez votre restaurant Olivier ?

– Pardon ?

– Dimanche prochain, j'aimerais privatiser votre restaurant.

– C'est-à-dire ?

– Ce serait une soirée privée.

– Je, oui bien sûr. Il faut que je demande à Seb et Franck s'ils peuvent venir parce qu'ils ne bossent pas le dimanche…

– Je n'aurais besoin de personne. Juste les clefs. Je vous rendrai le restaurant impeccable bien sûr.

– Bien sûr.

– Pour le prix…

Bordel, je pouvais peut-être récupérer un peu de thune. Me sortir de la mouise dans laquelle j'étais. Ce type tombait décidément toujours à point. Je me lançais :

- Que penseriez-vous de mille euros ?

Il y a eu un voile dans ses yeux. Pas vraiment de la déception non, plutôt de l'agacement. Le sourire n'a pas disparu pour autant.

- Bien sûr Olivier. Si cela vous parait une offre correcte, honnête, compte tenu de nos relations, de notre historique, alors va pour mille euros.

Je venais de me faire blédardiser. Evidemment que je ne pouvais pas lui refuser. Et gratuitement qui plus est.

- Je plaisantais. Pour vous mon restaurant est gratuit.

Je fouillai dans le tiroir et lui donnais un double de toutes les clefs.

- Comme ça vous venez quand vous voulez. Et je pourrais aussi vous montrer comment ça marche.

– Je me débrouillerai. Merci Olivier. J'apprécie à sa juste valeur.

Il a vidé son verre, pris les clefs, m'a serré la main. Sa dernière phrase me laissait mal à l'aise. Il me manquait toujours mille euros et il me restait deux heures trente pour aller à Nanterre. Ma mère avait pris dix ans. Avec mes histoires de thune, je n'avais pas eu le temps de trop m'occuper d'elle. Elle a souri en ouvrant mais le cœur n'y était pas.

- Tu vas bien, m'man ?

– Je fais ce que je peux, dit-elle les yeux brillants.

Elle a fait une pause puis elle ajouté :

- J'arrive à passer presque quinze minutes sans

pleurer.

Et elle se mit à pleurer.

- C'est tellement vide sans lui.

Habitude ou manque réel, je n'aurais pas su dire. Je n'avais jamais vraiment cerné leur relation.

- Je suis désolé de te déranger.

— Non, non, je suis contente de te voir. Tu veux boire quelque chose ?

— Un café, ça ira.

Trois minutes plus tard, elle revenait avec un café et des spéculos.

- Merci. Voilà, j'ai un petit problème avec le resto et j'aurais besoin de deux mille euros, tu crois que tu pourrais me les avancer ?

Elle a un peu cillé mais...

- Deux mille euros, oui, je dois pouvoir mais ce seront les derniers, après il ne restera plus que la maison. Je n'ai plus rien.

— Ah

— Le traitement de ton père a tout mangé.

— Mais tu n'as pas de dettes ?

— Non, aucune dette heureusement, mais il va me rester ma petite retraite et la pension de réversion de ton père. Je ne serai pas dans la misère, mais je n'ai plus de réserve.

J'avais tellement d'emmerdes d'argent moi-même que je n'arrivais pas à m'inquiéter pour elle. Une retraite ou une retraite et demie, ça devrait suffire non ? Et c'était quoi ce traitement de merde qui avait mangé tout notre héritage ? Et la sécu alors ? Quel besoin mon père avait eu de claquer tout notre fric. J'avais des bouffées de colère. Je me retrouvais dans la merde parce que mon père avait voulu vivre quoi, un mois de plus, six semaines. La belle affaire. Il était cané maintenant, cané. Ma mère a vu passer la colère dans mon regard ; je m'étais un peu oublié. La fatigue, la drogue et l'alcool sûrement.

- Ça va ? Tu me regardes bizarrement.

– Je suis fatigué, c'est tout. Et avec les problèmes du resto, je m'inquiète un peu, mais ça va aller.

– C'est sérieux tes problèmes d'argent ?

– Suffisamment pour que je te demande, oui. J'ai emprunté à la mauvaise personne et si je ne rembourse pas rapidement…

Je pensais l'affoler un peu, mais pas trop pour qu'elle lâche plus facilement.

- Je pourrais vendre la maison mais j'y ai tellement de souvenirs…

Et elle est repartie à pleurer.

- Non, garde-là.

Et je glissais :

- Mais c'est vrai qu'elle est grande cette maison.

Tu m'étonnais ! 160 m2 en plein cœur de Nanterre. Ah, le pater avait le sens du business avant que le cancer ne lui mange la tête. Cette baraque devait valoir dans les sept cent cinquante mille euros. Si ma mère la vendait, je pourrais me sortir de mes emmerdes. Mais d'abord, prendre les deux mille et réfléchir à ça plus tard. J'allais à la banque avec ma mère et la laissait rentrer seule, prétextant le service du soir.

Valéry Bonneau

CHAPITRE 13 | MICROCHIRURGIE

Je suis revenu plus énervé qu'autre chose mais au moins, j'avais deux mille euros en poche. Le lendemain, quand Tyson et Cerdan ont fait leur apparition, encore un peu après le service, j'ai fait le fier.

- Salut les gars, vous venez chercher la thune ?

- T'as tout compris, a dit le noir

- Je vous paye un verre ?

- Ah là, t'as rien compris, a repris le blanc.

- Pardon ?

- Vu ce que tu dois à monsieur Franco, on peut boire à l'œil jusqu'à Noël. Tu nous payes pas de verre, on se sert si on veut, tu vois la différence ?

J'ai rigolé. Un peu trop fort.

- Vous prenez quoi ?

- Sept cent cinquante euros pour ma pomme, a commencé le noir.

- Sept cent cinquante euros pour ma gueule, a fini le blanc.

J'ai fait passer l'argent dans une enveloppe que le noir a mis dans sa poche sans compter.

- Vous ne recomptez pas ?

Le noir m'a demandé :

- Tu connais monsieur Franco ?

Qu'est-ce que c'était que cette question à la con ?

- Oui.

- Alors tu sais ce qu'il fait à ceux qui cherchent à l'entuber ?

Le quartier grouillait d'anecdotes sur monsieur Franco et les punitions qu'il infligeait : du cocard au meurtre en passant par les tortures les plus diverses.

- Oui.

- Donc, on n'a pas besoin de recompter.

Le blanc s'est approché de moi.

- Tu travailles avec quoi toi ?

- Comment ça ?

- Je te demande de quoi t'as besoin pour bosser ? Tes mains, tes jambes, quoi d'autre ?

J'ai senti mon cul se serrer, la sueur me perler dans le dos, sans pour autant comprendre de quoi il parlait.

- Oui, mes jambes, mes mains. Mes bras, enfin, tout quoi.

- Rien d'autre ?

- J'ai besoin du resto et de mes employés aussi.

- Bien. Monsieur Franco nous a dit de ne pas abîmer ton outil de travail, de pas t'empêcher de bosser.

Il m'a alors passé une main derrière la tête et a appuyé très fort et très vite jusqu'à ce que mon visage s'écrase sur le comptoir. Juste une fois. J'ai senti mon nez craquer, le sang jaillir, froid ou chaud, aucune idée, mais ça pissait. Je n'avais pas encore relevé la tête que le noir précisait :

- Mais t'es pas assez beau pour travailler avec ta gueule, donc ça t'empêchera pas de faire ton chiffre.

Dès que Tyson et Cerdan furent partis, Seb s'est approché pendant que Franck répétait "oh putain ça craint, ça craint. Ça craint, je vous le dis". J'avais le nez en compote et Franck jouait les médiums.

- Bien sûr que ça craint, connard !

- Calme-toi, je t'emmène aux urgences, a dit Seb pendant que Franck gueulait parce que je l'avais insulté. Connard.

- Je veux bien, ouais.

Les urgences de Saint-Louis étaient toutes proches et dix minutes plus tard, on poireautait avec Franck qui continuait sa crise de nerfs et alignait les « ça craint, ça craint vraiment ». Seb habituellement moins vaillant faisait pourtant meilleur figure :

- Ça va, on n'est pas à Gaza non plus.

- Non, mais ça craint. Je pensais me dégoter un petit job de cuistot tranquille et je me retrouve en pleine guerre des gangs.

- Tu ne crois pas que t'exagères un peu? C'est pas Chicago pendant la prohibition non plus.

- Moi je gère ma cuisine, pas un remake de Scarface. La prochaine fois qu'ils reviennent, ils feront quoi ?

Je décidais de couper court aux élucubrations de Franck.

- Y reiendront 'as.

Saloperie de nez pété.

- Y reienront 'as, e 'ous dis !

Ça n'a rassuré ni l'un ni l'autre, mais ils n'ont rien ajouté. Deux heures plus tard, je sortais avec une prothèse nasale, le truc le plus ridicule après la poche à pisse. Il était déjà seize heures trente. On ouvrait généralement vers dix-sept heures pour être prêts pour le service du soir. Pas de sieste aujourd'hui. Mais une soirée compliquée en perspective. Surtout si Franck ne redescendait pas d'un cran :

- Mec, je te le dis, ça sent pas bon.

- Ai 'ompris.

Il s'est arrêté, m'a regardé en rigolant :

- Ça va être tendu pour une petite ligne ce soir ?

Seb s'est marré aussi.

- Mais si ça passe, ça doit monter direct au cerveau là, non ?

- 'ous êtes 'rop cons.

On a bien ri pendant dix minutes, même si ça me faisait un mal de chien.

La soirée a passé sans problème finalement, bien que le manque de coke et de picole à cause des médocs se soit fait cruellement sentir. Je rentrais essoré, cassé vers deux heures du matin.

- Je ne vais pas pouvoir continuer comme ça.

Oh non, quelle heure ? Huit heure trente. Et Sylvie était debout au pied du lit.

- Comme ça quoi ?

- Comme ça, là. Quand tu rentres pas bourré, tu rentres drogué, et maintenant, en plus, tu rentres la gueule cassée.

- Petit problème au bar, rien de grave.

- Rien de grave, rien de grave ! Mais ça s'arrête où ton histoire ? Chaque jour est pire que le précédent.

Tu vis dans un nuage d'emmerdes et je ne vois aucune éclaircie à l'horizon. Tu t'enfonces Olive, tu t'enfonces et je ne sais ni dans quoi, ni pourquoi.

- Arrête un peu avec les grandes phrases là, c'est juste un petit passage à vide. La mort de mon père, les problèmes du bar.

- Mais quels problèmes du bar ? Tu ne me parles de rien, jamais, c'est normal ça ?

- Je ne sais plus ce qui est normal ou pas. Je sais juste que je suis fatigué, que rien ne fonctionne comme prévu et que personne ne m'aide.

- Mais rien ne se passe comme prévu parce que tu fais n'importe quoi ! Gerbaulet t'avais mis en garde non ? Ton Blédard là, il s'était pas moqué de toi, parce que tu voulais payer des coups dès le départ ? Et cette idée d'emprunter à Franco, c'était prévu que ça allait mal se passer, merde !

- Comme si c'était simple. T'es là, tu fais rien de la journée et tu me donnes des leçons. Mais comment tu m'aides toi ?

- En m'occupant de ton fils déjà. T'appelles peut-être ça rien, moi j'appelle ça le plus important. Ça l'est pour moi et ça devrait l'être pour toi.

- Ça l'est et justement, si je veux lui assurer un avenir à ce petit, faut que je bosse.

- Que tu bosses oui, pas que tu te bourres la gueule ou que tu t'abrutisses de coke.

Merde, merde et merde ! Tout le monde me prenait la tête. Ils faisaient la queue pour donner des conseils ; pour filer un coup de main par contre... Je me levais, furieux, bousculais Sylvie pour aller prendre une douche. Sa voix me parvenait jusque sous la flotte.

- Je ne supporterai pas ça très longtemps. Si je peux t'aider, dis-le moi. Mais je ne laisserai pas mon fils être élevé par un alcoolique cocaïnomane.

Toujours à me juger. Tout le monde.

Le samedi a été épique, dantesque. Une nouba d'enfer. La musique à fond jusqu'à sept heures du matin. Les clients arrivaient à n'importe quelle heure, frappaient à la grille. Quelqu'un ouvrait et dès qu'une personne entrait, tout le bar braillait encore plus fort. Pas de fiesta en sous-sol, mais l'Armageddon en surface. Les clients entendaient AC/DC de l'autre bout de la rue. Toute la police du dixième arrondissement devait être en RTT cette nuit-là. Belle recette au final, mais j'avais payé tellement de coup, que je ne savais plus trop qui me devait quoi. Je ne me souvenais plus de rien pour tout dire.

J'ai ouvert les yeux et j'étais dans les chiottes du trocard. Je dormais, comme une merde, assis sur la cuvette, le falzard baissé. Putain, quelle nuit, quelle caisse, quel bordel. J'étais tétanisé, totalement mou, lessivé. Petit à petit, j'ai repris conscience et commencé à entendre des voix. Pas des voix. Des cris. Je me suis redressé. Ai failli me faire dessus au cri suivant. Ça venait d'à côté. J'étais dans les chiottes en sous-sol, dans la petite salle du trocard. Et je n'étais pas seul.

- S'il te plait. Epargne-moi tes lamentations. Elles se révéleront très probablement contreproductives.

Blédard, c'était la voix de Blédard.

- Je vous en prie.

Et d'un autre type. Surement le type qui venait de crier.

- Ah, peut-être souhaites-tu un petit rappel sur le sens du mot « lamentation » ?

- Je vous en prie.

- Garde tes prières pour plus tard. Donne-moi juste le nom de ton ou tes commanditaires et nous pourrons passer à la suite.

- Je.

La claque ou le coup de poing a dû filer, vu le bruit.

- Parle maintenant.

- Mais t'es qui à la fin putain, t'es qui ?

Autre bruit de claque.

- Aurais-tu si peu de sens commun ? Qui de celui qui donne ou reçoit les gifles pose les questions généralement ?

Encore un bruit.

- Il est 7h30, j'ai un emploi du temps chargé.

- Jamal Satouf.

- Combien de personnes avez-vous arnaqué ?

- Je, je ne sais pas. T'es flic ou quoi ?

Clac !

- Une centaine.

- Par an ?

- Oui, par an.

- Vous leur prenez combien pour les faire entrer en France avant de leur voler leurs papiers ?

- Deux à dix mille euros. Selon les personnes.

Clac !

- Bien sûr. Deux à dix mille euros pour transformer un pauvre libre en pauvre esclave. Je… Je dois prendre sur moi pour ne pas te tuer tu sais.

Heureusement pour toi, je suis particulièrement doué pour prendre sur moi. Alors voilà ce qui va se passer. Tu vas sortir d'ici et te rendre au commissariat le plus proche. Là, tu expliqueras ton petit trafic. Et sinon, sinon, je crois qu'il vaut mieux que tu ne saches pas ce qui se passera.

Je devine un homme courir dans l'escalier. En panique.

- Vous pouvez sortir Olivier.

Merde. Il m'a entendu. Je me rhabille. Me passe un coup de flotte sur la gueule et ouvre.

- Bonjour. Désolé de…

- Bonjour Olivier. C'est de ma faute. J'aurais dû être plus vigilant. Rien de grave au fond.

- Vous, vous faisiez quoi là ?

Son regard m'a transpercé.

- Non, je, enfin c'est pas grave hein.

- Je vous confirme que ce n'est pas grave. Je règle, à ma façon, certains problèmes.

- Mais, votre type là, il va partir. Il ira pas à la police !

- J'espère bien que non.

- Ah bon. Mais alors ?

- Alors, je vous remercie de m'avoir prêté votre lieu. Il se peut, mais c'est assez improbable, qu'il revienne avec des amis pour en savoir plus sur moi. Il se peut que ses amis soient d'une humeur assez peu badine. Il se peut encore que vous en fassiez les frais, physiquement, ce qui, si j'en juge par votre apparence, vous arrive régulièrement. Il se peut encore qu'ils vous questionnent. Tout ce que vous aurez à faire Olivier, c'est de ne pas mentir. Dites-leur qui je suis, où je suis, et tout ira bien. Je ne vous demande rien d'autre que la vérité. Ceci dit, il est plus probable qu'il ne se passe rien. Ces rats n'aiment pas évoluer à la lumière. Notre idiot utile va me mener à son commanditaire. Il se peut que je vous redemande votre aide et je sais déjà que vous accepterez et de cela, je vous remercie de nouveau. Quant à vos légitimes interrogations, qu'il vous suffise de savoir qu'à mes heures perdues, je pratique la dératisation.

Il m'a serré la main, m'a donné les clefs, est remonté, tranquillement. Gerbaulet m'avait prévenu. Je me retrouvai mêlé à, à quoi d'ailleurs ? C'était qui Blédard ? Un Dexter spécialisé dans les passeurs ? Un justicier, un flic, un malfrat ? Pourquoi il évoluait à visage découvert, pourquoi il faisait tout ça ? Il ne m'avait pas fait de chantage à proprement parler, plus parce qu'il n'imaginait pas une seconde que je puisse refuser. J'étais presque heureux d'avoir autant d'emmerdes. Je n'aurais pas à m'inquiéter des conséquences. De retour chez moi, Sylvie n'était pas là. Tant mieux. Je voulais dormir. Juste dormir. Et oublier.

Valéry Bonneau

CHAPITRE 14 | DROIT DANS LE MUR

Le lundi, j'étais presque reposé. Pas en super forme, mais j'y voyais un tout petit peu plus clair. Mes problèmes étaient financiers. Il me manquait de la thune et je pouvais en trouver en faisant le ménage dans les kroums. J'avais laissé trop de potes boire et manger à l'œil ou faire des notes. En totalisant tout ce qu'on me devait, j'arrivais à près de trois mille cinq cent euros. Exactement ce qui me manquait pour respirer un peu. Je demandais à La Cloche de me payer les huit cent euros qu'il avait picolé à crédit. Idem pour tous les autres. Résultat, à part La Cloche, la plupart des habitués qui me devaient de l'argent n'ont plus remis les pieds dans le bar. Et comme ils payaient quand même de temps en temps, qu'ils amenaient du monde, le chiffre d'affaire a encore baissé. Les mille euros que j'avais récupérés d'un côté, je les avais perdus de l'autre. Et la comptable, oiseau de malheur, a rappelé à la fin du mois d'août.

\- Vous comptez faire comment pour les salaires ?

\- Attendez, c'est quoi le problème maintenant ?

\- Maintenant ? Mais, c'est toujours le même. Il n'y

a pas assez d'argent qui rentre et vous en mettez trop dans votre poche.

- Je n'ai quasiment rien pris ce mois-ci !

- Oui mais vous avez fait beaucoup moins de chiffre d'affaires que les autres mois, donc le résultat est le même.

Merde, merde, merde ! Quoi que je fasse, rien ne réussissait. J'avais la poisse. Et hors de question de faire poireauter Franco. J'avais gagné deux mois de remboursement mais si je devais déjà prendre dessus pour payer les salaires, je ne m'en sortirais pas.

Ma comptable ne m'aidait pas, elle m'embrouillait. J'aurais bien voulu que Gerbaulet m'éclaire un peu. Je regardais l'heure : je pouvais le choper rue Claude Vellefaux entre la bière et le ricard. Pas sûr de l'accueil qu'il me réserverait.

- Ah regardez-moi qui vient là ? C'est le nouvel homme fort de Paris. Le nabab de la restauration revisitée.

- Bonjour monsieur Gerbaulet.

- Il me « bonjour », il me donne du « monsieur », il a besoin de moi.

- Vous allez bien ?

- Oh, il s'enquiert de mon état, il est en grand désespoir. Tu as besoin d'argent pour refaire ta façade nasale peut-être ?

- Allez, soyez pas vache.

- Il baisse la tête en signe de bonne volonté, d'allégeance presque. L'enfant est au bord du gouffre. Il ne sera pas dit qu'un Gerbaulet abandonna une brebis, même galeuse. Tavernier, deux bières.

Nous avons trinqué. Gerbaulet a insisté pour que

ce soit à la santé de mon bistrot. Je lui exposais mes problèmes, ma situation aussi clairement que possible.

- Hola, hola, calme-toi mon garçon, je ne comprends rien. Tu as le débit d'un bègue sous amphétamine. Reprends calmement s'il te plait. Et commence par m'expliquer comment t'as choppé ce nouveau pif ?

- Franco

- Ah.

- Oui, je dois beaucoup d'argent et...

- Oui, j'avais saisi cette partie-là. A qui précisément ?

- A tout le monde. Franco donc, l'état, mes employés, quelques fournisseurs.

- Ah, oui, ça fait beaucoup. Tu dois combien exactement ?

Je lui exposais les montants que j'avais en tête. Il a secoué la tête en recommandant deux autres bières.

- Je ne sais pas quoi te dire mon garçon. Tu es tombé dans tous les pièges que je t'avais indiqués. Tu sais, si je t'ai pris la tête, c'est pas pour le plaisir d'avoir à te dire plus tard « je t'avais bien prévenu ».

- Je sais bien monsieur Gerbaulet. J'ai été con mais il doit bien y avoir une solution.

- Il y a toujours une solution à tout. Comme Franco était une solution à ton problème de financement initial. Mais une bonne solution, là, maintenant ? Je n'en vois pas. C'est bien pour cela que j'insistais autant au départ.

- Donnez-moi au moins un conseil, un tuyau.

Il a vidé sa bière. Observé le verre vide un long moment. Il a paru surpris, a demandé un nouveau verre.

- Un tuyau ? Un tuyau… Tu te crois aux courses, gamin ? T'as trop tapé dans l'herbe et la poudre et tu te prends pour un bourrin maintenant ? J'ai pas de tuyau pour te faire arriver, je peux juste te dire ce que tu sais déjà : si t'arrêtes pas tes conneries, tu vas finir dans une petite boite. Une petite boite en fer avec des barreaux ou une petite boite en sapin. Arrête la coke, arrête l'alcool, c'est le seul tuyau qui vaille.

- Non, non, ça va je gère. Je…

- Tu gères rien du tout. C'est pas à un vieil alcoolique que tu vas apprendre la gestion du vice. Bon dieu, t'as un cancer des poumons, tu viens me voir avec la clope au bec et quand je te dis d'arrêter la clope, tu m'expliques que c'est pas le problème ? Tous tes emmerdes viennent de là bon dieu : tu n'écoutes pas. Tu n'es pas venu pour avoir un conseil, tu es venu pour que je te dise « continue comme ça gamin, tout va bien ». Continue comme ça, et t'auras bientôt plus d'emmerdes. Du tout. C'est vrai.

- Vous faites chier !

- Qu'est-ce que je disais...

- Non mais ça va quoi. Vous moralisez là, c'est quand même un peu trop.

- Je ne veux pas me fâcher avec toi, mais si ne rien te dire t'emmène six pieds sous terre, je vais pas pouvoir me taire.

- Alors on va se fâcher c'est ça ?

- Ça dépend de toi, mais ça m'en a tout l'air.

- Vous faites chier.

Je suis parti, sans payer, sans dire au revoir. Il m'emmerdait à donner des leçons. Pas un tuyau pour réduire mes dettes, pas une idée pour m'en sortir. Rien. Tout était clair. Je n'avais plus aucune porte de sortie. Le jour même, alors que je revenais de mon engueulade avec Gerbaulet, ma mère a appelé.

- Tu vas bien mon chéri ?

- Oui ça va, ça va. Et toi ?

- Oh ça n'a pas l'air d'aller pourtant. Tu devrais peut-être te reposer.

Je hurlais :

- Mais si, ça va putain : je n'ai plus d'argent, je me suis fait casser la gueule, personne ne m'aide et toi, posée dans ta grande maison tu viens me dire de me reposer. Je ne peux pas me reposer ! Je dois trouver de l'argent voilà ce que je dois faire.

Elle pleurait pendant que je redescendais.

- Je suis désolé, je n'aurais pas dû gueuler.

- Je, je pourrais vendre la maison et me prendre un petit appartement. Je pourrais te donner peut-être dix ou vingt mille euros.

Ça n'allait pas suffire. Avec la merde dans laquelle j'étais, il me fallait cinquante mille au moins. Pour me dégager l'horizon. Il faudrait vendre la maison et partager en trois. Ça, ce serait pas mal. Après tout, mon père et ma mère avaient mangé leur part avec ce cancer ! Je faisais comment moi ? Je bossais comme un âne, tout ça pour quoi ? Pour me faire casser la gueule, entendre des cours de morale, me faire niquer par mes potes, planter par ma famille. Merde. Quand est-ce que c'était mon tour de me gaver ?

Si ma mère partait en maison de retraite, pourquoi pas ? Elle n'avait que soixante-trois ans mais en m'y prenant bien, je pourrais peut-être l'amener à y aller. Ça lui ferait des copines, des gens qui s'intéressent à elle et moi, ça me ferait au bas mot cent mille euros.

Et avec cent mille, effacée l'ardoise de monsieur Franco, terminé les problèmes de thunes de l'Olive, à la niche la comptable casse-pompe. Je n'avais qu'à réfléchir et trouver une idée, un moyen de la décider. Je pouvais en parler à ma sœur et à mon frère. Oui, voilà, c'était l'idée. Ça arrangerait sûrement ma frangine d'ailleurs. Cent mille pour élever ses mômes, elle ne pouvait pas refuser.

- Jamais de la vie, tu m'entends, jamais de la vie ! Non mais tu te rends compte ? Envoyer maman en maison de retraite ? Pour quoi ? Pour du fric ?

Connasse de frangine.

- Pas pour du fric, c'est une question de survie, tu comprends.

- Survie de quoi ? Tu revendras ton resto et c'est tout.

- C'est tout ? C'est tout ! J'ai tout mis dans ce resto, il ne me reste rien, rien à part ce resto.

- Tu oublies juste ta femme et ton fils. De toutes manières, maman n'y est pour rien.

Quelle conne. Et quel con. Qu'est-ce qui m'avait pris de leur parler de cette idée. Mon frère n'avait même pas fait le déplacement, comme prévu, et ma sœur se transformait en défenseuse de la veuve et de l'orphelin.

- Mais ça ne changera pas grand-chose pour elle. Alors que pour moi...

- Je n'arrive pas à croire à ce que j'entends.

- Y-a pas de honte pourtant. C'est une solution comme une autre.

- Oui, comme une autre. Pourquoi tu ne la fais pas buter tant que tu y es, hein ? Oui pourquoi pas ? C'est une solution comme une autre.

- Ne sois pas conne.

- Ne m'insulte pas ! Ne me parle pas comme ça !

Connasse, connasse, connasse ! Encore une solution qui tombait à l'eau.

- Alors c'est non ?

- Tu as tout compris. C'est non. Pour ça et pour tout ce qui suit. D'une manière générale, oublie-moi. Pas que ça changera grand-chose d'ailleurs.

Connasse, connasse, connasse.

Les deux mois de rabe étaient passés très vite. Août avait été catastrophique et même si on avait bien cartonné en septembre, ça ne suffirait pas. Les clients revenaient mais comme je recommençais à péter les plombs à cause du mélange stress, alcool, cocaïne... Les habitués qui me devaient de la thune avaient disparus et les autres en avaient un peu marre de mes coups de sang. J'étais arrivé aux limites de mes capacités physiques et intellectuelles. Dormir très peu, travailler beaucoup, boire encore plus et lier tout cela de prises de coke très régulières ne m'aidait pas à analyser lucidement la situation.

Sylvie, qui avait pris son mal en patience, ne disait rien, mais je voyais bien qu'elle s'éloignait et qu'à un moment, elle serait trop loin. Je n'avais plus de prise, plus de jus, plus rien pour la retenir. Elle est partie le jour où j'ai secoué Clément qui n'arrêtait pas de pleurer pendant ma sieste. J'aurais pu le jeter par la fenêtre. Je l'aurais fait, oui, s'ils étaient restés un peu plus longtemps. Je l'ai pourtant menacée quand elle a voulu partir, je l'ai même bousculée mais rien n'y a fait. A dix-sept heures, elle était dehors avec mon fils. Connasse !

Tout seul. Plus de femme, plus d'enfant, juste des dettes et des angoisses. J'avais plus envie de me recoucher que de retourner bosser mais le boulot était tout ce qui me permettait de tenir. Je suis arrivé au Trocard en début de soirée. Seb préparait la mise en place mais pas de trace de Franck. Seb avait l'air déjà défoncé. Comme toujours depuis qu'il avait gouté à la coke.

- Ça va toi ?

- Ouais super, ça roule trancool. Non, attends, là, je suis dans une forme, je pète le feu, le service de ce soir va être une tuerie.

- T'as pris combien de lignes ?

- Quoi ? Combien ? Je sais pas, comme d'hab quoi. La routine. Non mais je te jure, ça sent la bonne journée là. Je suis bien, bien, bien.

Putain de Coke qui rend bavard même les silencieux.

- Il est où Franck ?

Il a arrêté de sourire comme un débile.

- Alors, heu, comment te dire. Si on va part là, donc, ben Franck...

- Ecoute, t'as le nez chargé donc t'as envie de parler et de baiser, je connais le principe mais là, faut juste me répondre. Il est où Franck ?

- Il a appelé tout à l'heure.

- Oui et ?

Il n'a pas osé me regarder.

- Il démissionne.

- Quoi ?

- Tyson et Cerdan sont repassés juste à la fin du service, tu venais de partir. Ça l'a trop fait flipper. Il a pété un câble pour tout te dire. On s'est pris deux trois lignes pour se calmer mais ça nous a pas vraiment calmé, tu vois. Et si on va par là, je peux même dire qu'il a vrillé. Totalement vrillé.

- Merde, merde et merde mais c'est pas vrai ! Plus de femme, plus de gosse et maintenant plus de cuistot.

- Quoi ? Sylvie ? Elle a quoi Sylvie ? Et Clément ? Non parce que mec, c'est grave là ce que tu dis. Tu les as perdus ?

Mec, tu peux pas perdre une femme et un enfant comme ça. Non, non, viens on y va, on va les retrouver.

- Ta gueule Seb. Vraiment, ta gueule.

Je me suis assis, j'ai pleuré pendant quelques minutes. Et Seb m'a proposé une ligne. Perdu pour perdu, autant y aller à fond. J'ai passé quelques coups de fil pour trouver un remplaçant à Franck. Cet enculé me mettait bien dans la merde, pas question de le supplier pour qu'il revienne. Et son salaire, il pouvait se gratter pour toucher le reste. Toujours ça de gagné.

Le petit Javier est arrivé vers dix-huit heures trente. Je l'avais connu lors d'un passage dans un bar espagnol vers la butte aux cailles. Son truc, c'était plutôt les tapas, mais il assurait aussi dans le traditionnel français. Avec une heure pour mettre en place une cuisine qu'il ne connaissait pas, il n'a pas chômé. Je l'aidais du mieux que je pouvais mais on a pris un bouillon monumental. Les clients les plus patients ont perdu patience. Je les envoyais chier et la soirée a été un désastre. Comme ma vie.

Tyson et Cerdan sont revenus le lendemain midi, après le service. Ça devait être leur heure. Très calmes comme toujours. Tyson a démarré :

- Ça va la cuisine ?

Je n'avais pas encore raté l'échéance du mois d'octobre. Donc ils venaient pour me mettre la pression, rien de plus. Je tentais de me raisonner.

- Ça va oui. Vous venez pour ?

Cerdan a repris :

- Petite visite de courtoisie.

Tyson a ajouté :

- Oui et puis on voulait te féliciter. Pour ta petite famille.

- Oh, c'est pas sympa de lui dire ça alors qu'il vient de se faire larguer, a rigolé Cerdan.

- Ça change rien, sa petite famille est mignonne quand même.

- C'est vrai que ce matin, le petit Clément était radieux au parc. Radieux. Comme s'il était libéré d'un poids tu vois.

Merde, les enculés. Ils me suivaient, m'épiaient. Et le message était clair « si tu payes pas, on va leur faire du mal ». Ils sont restés encore un peu, menaçants sans être agressifs, touchant à tout, discutant de tout et de rien, puis ils sont partis sur un inquiétant :

- A bientôt.

Ils sont revenus le lendemain. Mais pas devant Seb et Javier. Ils m'ont alpagué quand je rentrais faire une sieste.

- Vraiment mignonne ta copine.

C'était la voix de Tyson. Dans mon dos. Je me suis retourné, il était à vingt centimètres de moi. Cerdan un peu en retrait.

- Enfin, je dis ta copine, mais je devrais dire ton ex copine, non ?

- Ce qui me surprend, a enchainé Cerdan, c'est qu'elle soit restée aussi longtemps avec toi.

- Et qu'elle lui fasse un gamin en plus, s'est étonné Tyson.

- Ouais, ça me dépasse.

Ils n'allaient pas me casser la gueule en public quand même.

- Rassure-toi, a dit Tyson. On ne va pas te casser la gueule en public. Dans ton bar, on se sent entre amis, mais dehors, non, pas assez intime.

- Puisqu'on parle d'intimité, j'en prendrais bien un peu avec ton ex, a minaudé Cerdan.

- Ecoutez les gars…

- Non, non, je crois pas qu'on va t'écouter. Je crois vraiment pas.

Toujours Tyson.

- Par contre, a ajouté Cerdan, toi, tu vas faire bien attention. Monsieur Franco, il sait se tenir et lui, il paye ses employés. Comme il a vu qu'elle nous plaisait, la petite, tu sais l'arrangement qu'on a eu ? La bonne idée ?

- Balance parce que je crois pas qu'il comprenne très vite ce gars-là, a dit Tyson.

- Alors voilà : si tu payes pas demain, eh oui, c'est déjà demain, si tu ne payes pas demain, monsieur Franco, il pourra pas nous payer non plus. Alors il a pensé qu'une bonne nuit avec ta copine, ça compenserait.

- Enfin, disons que ça payerait les intérêts. Ça compenserait le retard. Pas le capital. Elle est bonne ta copine mais pas à ce point-là.

Un cauchemar, je vivais un cauchemar. Comment est-ce que c'était parti déjà ? J'étais un petit serveur de rien du tout, j'avais une femme, un fils, des parents, une vie sans emmerde. Qu'est-ce qui s'était passé ?

- Ecoutez, non, elle…

Tyson me coupa la parole :

- Oh non, mais regarde-le, il s'inquiète parce qu'il sait pas comment lui demander. Non mais rassure-toi, t'auras rien à lui dire, on se charge de tout. Si ça se trouve, elle saura même pas que le cadeau vient de toi. Enfin, façon de parler.

- A demain, a conclu Cerdan.

Je voulais me réveiller. Faire arrêter tout ça. Juste une pause, une toute petite pause. Mais je ne trouvais pas le bouton. Je n'ai pas fermé l'œil et après deux heures à tourner en rond, à boire pour essayer de penser à autre chose, je suis retourné bosser. Le service du soir a été aussi raté que le précédent. Seule différence : Seb était encore plus allumé que la veille et comme je n'avais pas réussi à dormir, j'étais un peu plus cramé aussi. J'ai trouvé le moyen de me braquer avec deux tablées de clients de plus. J'allais changer le menu « entrée, plat, dessert, insultes comprises ».

Deux heures du matin. Essoré. Bourré. Coké. L'échéance pour Franco tombait le lendemain. Une nuit pour espérer me remonter, c'était injouable. Si je piquais tout dans la caisse, je serais en faillite à cause des salaires, fournisseurs. Si je ne payais pas, c'était direction chaise roulante ou agression de Sylvie ou

Clément. Une seule solution : m'occuper de ma mère. Sous une forme ou sous une autre, je devais la convaincre de quitter la maison. Je décidais d'y aller tout de suite. J'ai repris quelques lignes, fait descendre le tout avec plusieurs vodkas caramel et j'ai commandé un taxi pour Nanterre. Il était trois heures du matin quand je suis arrivé devant la porte de la maison. Ma colère n'avait cessé d'augmenter durant le trajet.

Valéry Bonneau

CHAPITRE 15 | CREVE !

Je sonnais, sonnais, puis tambourinais à la porte. Toujours rien. Je ne sais pas combien de temps j'ai frappé. Ma mère devait être à la porte depuis un moment quand j'ai repris mes esprits. Elle me regardait comme si j'étais fou. Ça m'a énervé. Quoi ? D'abord elle me foutait dans la merde et après elle me jugeait ? De quel droit ! De quel droit ! Je suis rentré en titubant, la poussant au passage.

- Qu'est-ce qui se passe, Olivier ? Parle-moi, tu m'inquiètes.

Lui parler. Pour lui dire quoi. Et il était bien temps de s'inquiéter pour moi.

- Il me faut de l'argent. Maintenant.

- Mais, calme-toi, assieds-toi.

- Il faut que tu vendes la maison. Maintenant, tu m'entends. Maintenant !

Je hurlais en marchant dans le salon.

- Calme-toi, tu n'es pas dans ton état normal.

- Je n'ai plus d'état normal, tu comprends, mon état normal c'est…

Je m'arrêtais. La fixais sans la voir.

- Donne-moi l'argent.

- Je t'ai dit, je n'ai plus d'argent. Que cette maison. Je ne peux pas la vendre tout de suite.

- Tu ne veux pas, ce n'est pas pareil. Tu préfères laisser ton fils crever, c'est ça ?

- Mais non mon chéri, mais je ne peux pas.

- Tu ne veux pas, tu ne veux pas ! Parce que tu vas voir si tu ne peux pas !

Je la secouais. Je la secouais comme… Comme un fou. Fou que j'étais cette nuit-là. J'ai repris conscience. Ma mère gisait à mes pieds. J'étais sur le canapé et elle par terre. Pas de sang. Je la secouais, paniqué, mais elle ne bougeait pas. Elle ne bougeait plus. J'essayais d'écouter sa respiration. Je n'entendais rien. Je n'arrivais pas à savoir si ça venait de la coke, car je sentais un bourdonnement en permanence depuis quelques jours.

J'allais lui chercher de l'eau et je pensais à la police. Je me dis que ça sonnerait quand même bizarre si elle était morte et qu'on retrouvait un verre d'eau près d'elle. Ça indiquerait le proche. Je restais malgré tout un bon moment à écouter son cœur. Elle ne respirait plus. Elle était morte. Plus besoin d'eau. Je venais de tuer ma mère. Marrant comme dans ce moment unique, j'ai eu des réflexes vus à la télé ou au cinéma. J'essayais d'enlever mes empreintes des endroits les plus gênants. Pour le reste, pas besoin, après tout, c'était la maison de ma mère, la maison de mon enfance. La maison de mon enfance.

Je me suis mis à pleurer, pris de soubresauts, perdant totalement le contrôle. J'ai couru aux toilettes où après avoir vomi tout ce que j'avais mangé depuis une semaine, j'ai chié pendant trente minutes. Me revidant par la bouche de temps en temps dans le lavabo. J'ai nettoyé comme j'ai pu puis je suis rentré à pied. Nanterre-Belleville à pince. Comptez trois heures en mode direct, cinq heures en parcours alcolocké après avoir tué votre mère. Je devais avoir l'air totalement fou, titubant plus que je ne marchais. Heureusement, je n'ai pas croisé beaucoup de personnes au départ ; il était quatre heures. Et à partir de sept heures, j'ai eu les idées un peu moins embrumées. Je faisais sûrement peur mais pas autant. Je suis arrivé chez moi, me suis endormi comme une masse et deux heures plus tard le téléphone sonnait :

- T'es où là ? Tu sais qu'on a un service à assurer. Si tu viens même plus, si on va par là, pourquoi je viens moi.

Le débit de Seb s'était encore accéléré. J'avais l'impression que toutes les personnes autour de moi se droguait, que chaque jour la dose de coke était plus grande.

- J'arrive, j'arrive.

J'appelais Sylvie, Clément et tout me revint : leur départ, ma mère. Une séance aux toilettes et un kilo de moins plus tard, je partais bosser. Je n'ai aucun souvenir du service. Pilotage automatique de bout en bout. Je ne sais même pas si j'ai dit bonjour à quelqu'un. Le blackout total. Vers quinze heures, alors que je commençais juste à reprendre conscience, deux clients sont entrés.

- Si vous voulez prendre un verre, c'est possible, mais rapidement. Pour la cuisine, faudra repasser ce soir.

L'homme, petit, ventru, avec l'air de se marrer tout le temps, a commencé :

– On pourrait parler au patron ?

– C'est moi.

Ils se sont regardés. Le petit a continué :

– Vous êtes le fils de Geneviève Pécherot ?

– Oui. Pourquoi ? Vous êtes qui ?

La femme, rousse, très grande, pas souriante pour un sou :

– Elle est décédée monsieur.

Je manquais de tomber. Merde, ma mère. Ma mère était morte ?

– Je, quoi, que s'est-il passé ? Quand ?

Et le voile s'est déchiré. L'assassin, c'était moi. Je me suis mis à pleurer. Je n'avais pas à me forcer. Je ne savais plus trop si je pleurais sur elle ou sur moi, mais je pleurais. Seb et Javier observaient en silence. Le petit flic rigolo a demandé :

– Il semble qu'un malfaiteur soit entré chez elle hier soir.

– Ou une malfaitrice, a précisé la rousse.

J'ouvrais de grands yeux et pouvais surement postuler au césar du plus mauvais acteur :

– Assassinée, vous voulez dire ?

Le petit a tenu à me faire un cours de français :

– Assassinée, on ne sait pas. Vu qu'assassinée, c'est quand il y a préméditation.

– Mais c'est un meurtre oui, a conclu la rousse.

– Merde.

Un temps puis :

– Vous avez prévenu mes frères et sœurs ?

– D'autres collègues s'en chargent, a dit le petit.

– On a une idée de qui, comment ?

- Oh oui, a dit la rousse en souriant dans un rictus. Oui, on a une idée. On sait que c'est un proche déjà.

- Ah et comment le savez-vous ?

Mes questions me dévoilaient peut-être mais je ne pouvais m'en empêcher. Le petit a repris très sérieusement, mais son visage était toujours illuminé par un sourire.

- Pas d'effraction, pas de vol, deux verres d'eau sur la table dont probablement un pour le meurtrier. Croyez-nous, a-t-elle ajouté en partant, c'est une question de jours.

Putain de verre d'eau, il me semblait ne pas en avoir apporté. Non mais quel con ! Je n'avais pas apporté d'eau pour ma mère, mais j'avais laissé celui qu'elle m'avait proposé. Impossible de me souvenir si j'avais bu dedans ou pas. Quel con. Mon frère et ma sœur ont appelé. Je n'ai pas répondu. Je n'aurais pas su quoi leur dire.

Je suis passé voir Franco avant le service du soir.

- Monsieur Franco

- Oui, ta mère est morte, je suis au courant. Condoléances.

- Merci mais...

- Mais tu n'as pas l'argent, c'est ça ?

- Non. Par contre, je vais hériter.

- Oh, tu vas hériter. Eh bien alors, c'est parfait, on n'a qu'à attendre l'héritage. Les gars, combien ça prend à solder un héritage ?

Tyson a eu l'air de réfléchir :

- Oh, quand y-a qu'un héritier, ça va vite.

Franco a alors demandé :

- Et là, on en a combien des héritiers ?

Cerdan :

- Trois, je crois bien.

- Du coup, ça peut prendre combien de temps les gars ?

Les deux en chœurs :

- Très longtemps, monsieur Franco.

Il m'a alors regardé :

- Voilà, très longtemps. Et je n'ai pas souvenir que notre accord évoquait « très longtemps » entre deux mensualités si ?

- Non mais, je pourrais vous payer des intérêts.

- Oui tu pourrais. Si je ne m'abuse, c'est même déjà prévu non ?

- Comment ? Vous ne parlez pas de Sylvie ? Vous ne pouvez pas. Vous ne pouvez pas...

- Ahahaha, regardez sa tête, les gars.

- Espèce d'ordure.

Son sourire a disparu, mais il n'avait pas l'air en colère, juste blasé :

- Ah oui, on vient voir monsieur Franco quand on a besoin, on fait des gros sourires à monsieur Franco : je vous payerai quand il faut monsieur Franco. Et dès qu'on a le dos tourné, on oublie. On n'est pas du même monde, il peut crever dans sa crasse, monsieur Franco, on retournera bien une fois ou deux en se pinçant le nez, mais pas plus. Et on mégote pour les remboursements, on discute les intérêts. Eh bien, il est là, dans sa crasse monsieur Franco et il te regarde et il se marre. Fallait réfléchir avant parce qu'après, ça sert plus à rien. Après, faut agir. Et moi, j'agis. T'as merdé, tu dois payer. Maintenant dégage.

Tyson et Cerdan m'ont poussé en dehors de l'allée. Je suis resté là pendant peut-être une demi-heure. J'avais un service à assurer deux heures plus tard, ma femme à sauver avant la fin de la journée. Mais je n'étais pas un super-héros, ni même un héros tout court. J'ai marché jusqu'au restaurant. Seb était là, totalement déconnecté. Je ne sais pas où il trouvait l'argent pour acheter sa coke mais il en prenait tellement que je ne me souvenais plus à quoi il ressemblait sans.

- Ça va mec ? Non parce que là, c'est chaud, hein. Je sais pas, mais c'est chaud. Je sais pas comment tu fais, tu vois, parce que moi, moi à ta place, tu vois. Non mais attends, ta femme, ton fils, ta mère, les deux géants, wow, non mais là attends, attends ça fait carrément beaucoup. Si on va par là, on peut se demander quand est-ce que ça va s'arrêter hein ? Non mais dis-donc, peut-être que Franck a bien fait de partir !

- Seb.

- Oui quoi ? Vas-y, demande moi n'importe quoi, je t'aide, je suis un pote moi, un vrai, pas comme Franck

- Ta gueule.

- Oh. Ah, ok ok ok. Non je comprends, pas de soucis. Vu ce que tu traverses, c'est normal. Ok ok ok. Je la ferme.

Je ne pouvais pas faire le service alors qu'on allait peut-être violer ma femme. Je ne pouvais pas non plus l'appeler pour la prévenir. J'aurais pu chercher une arme pour me débarrasser de Tyson et Cerdan. Mais qui pouvait me trouver une arme aussi rapidement ?

- Bonjour monsieur Pécherot.

Je me retournais et les deux flics étaient là. Même duo : le petit gros avec son sourire bizarre mais un air sérieux, et la grande rouquine qui essayait de sourire avec une tronche très austère.

- On peut vous parler un moment avant le service ? a demandé le petit.

- Oui bien sûr. Vous avez du nouveau ?

- Il se pourrait qu'on en ait. On aimerait vous poser quelques questions sur votre emploi du temps d'hier. Vous pourriez nous suivre au commissariat ?

- C'est-à-dire que le service va démarrer.

La fille m'a regardé avec ce qu'elle imaginait être de l'empathie ou un truc dans le genre :

- Nous comprenons bien, mais vous vous doutez que dans ce genre d'affaire, le temps est primordial. Nous devons avancer vite alors le plus tôt sera le mieux.

Elle a embrassé le resto vide :

- Je suis persuadée que vos employés pourront gérer le lieu en votre absence.

J'avais les yeux baissés quand j'ai vu le flingue du petit. Son étui était mal mis et le bouton pressoir qui retient l'arme était défait. Je pouvais prendre le flingue, courir jusqu'à Franco et buter les trois. Oui ça, je pouvais. Je pouvais au moins réussir un truc. J'ai pris le révolver, sans trop savoir comment, et dans le même mouvement ou presque, j'ai bousculé la grande qui est tombée à la renverse. Faut avouer qu'ils ne l'avaient pas vu venir. Ma rapidité m'a surpris. La coke peut-être. Ou la peur. Ou les deux. Mais j'avais le flingue. Je le pointais contre la grande. J'entendais en arrière fond Seb et ses « wow si on va par là, c'est chaud là ».

- Ecoutez, ce n'est pas contre-vous. Ma femme est en danger. Elle va se faire violer ou peut-être pire, je dois la sauver.

Le sourire du petit a pris une drôle de forme. Il avait tout du joker.

- On comprend, mais on est de la police, c'est notre métier d'empêcher ça. Tu nous dis qui protéger et on la protège.

- Tu vas te mettre dans des emmerdes dont tu n'as pas idée. Pose ce flingue et on va s'occuper de ta femme dans la seconde.

J'ai eu comme un instant d'abattement. Ils ont dû croire que je me rendais et quand j'ai repris mes esprits, je courais déjà en direction de chez Franco. J'y arrivais cinq minutes plus tard. Les flics ne m'avaient pas suivi. Enfin, c'est ce que j'avais pensé jusqu'à ce que je voie la rousse débarquer flingue à la main à quelques mètres de chez Franco.

- Pose ton flingue, c'est terminé. On va lancer un appel pour protéger ta femme. Tout va bien se passer.

- Non, vous ne comprenez pas.

- On comprend très bien au contraire. Mais tu dois te calmer. Ne pas aggraver ton cas.

A part violer un bébé handicapé, je ne voyais pas bien ce qui pouvait aggraver mon cas. Mais buter Franco et ses deux sbires, à défaut d'alléger ma peine, ça me permettrait peut-être de me regarder dans la glace. D'abord me débarrasser de la flic. La buter ? Son flingue était pointé vers le bas, le mien vers ses jambes. Alors je tirais. Son air sérieux a disparu. Pas eu trop le temps de la regarder mais je me souviendrais toujours de la surprise sur son visage et de la pointe de déception. Pendant qu'elle récupérait, je m'élançais dans l'allée et arrivais sur Franco, entouré de Tyson et Cerdan. Les trois, je pouvais buter les trois et Sylvie serait sauvée. Je lui devais bien ça. Franco, l'air très calme a commencé :

- Allons Olivier, ce ne sont pas des manières, pas des manières du tout.

- Et violer une femme, ce sont des manières.

Il me regarda comme un professeur observe un cancre, un irrécupérable cancre, dont la bêtise est encore plus abyssale que prévue.

- Parce que tu crois vraiment qu'on allait violer ta bonne femme ? T'es encore plus con que t'en as l'air. Et en ce moment, t'as l'air plus con que jamais.

Je le regardais sans comprendre. Il voyait bien que je n'imprimais rien.

- Ça fait combien de temps que je suis dans le quartier ?

- Je ne sais pas, dix ans ?

- Ça fait dix-huit ans.

- Et alors ?

- Alors tu crois que je serais encore là si je faisais violer toutes les femmes des connards dans ton genre qui me doivent quelques milliers d'euros.

- Mais...

- Mais quoi ? Pauvre abruti ! Tu les connais les histoires qui courent sur mon compte non ? Tout Belleville les connait.

- Oui.

- Et alors : meurtre, viol, mutilation, tu penses pas que la police les a entendues aussi ces histoires ? Ça ne te surprend pas de me voir dehors ?

- Mais quoi, mais...

- « Mais quoi », « mais mais ». C'est de l'intox pour faire peur aux blaireaux de ton espèce. Et ça fait dix-huit ans que ça marche sans embrouille. De temps en temps, une convocation chez le juge mais jamais rien de méchant. Je tiens un business moi.

- Vous m'auriez fait quoi alors si je n'avais pas pu payer ?

- Je t'aurais fait casser la gueule une fois de plus et après on aurait rééchelonné tes mensualités. Comme dans une banque normale.

J'avais tué ma mère pour rien. Aucune raison. Je m'étais mis un stress hallucinant pour rien. J'avais tout perdu sans raison. Enfin si, parce que j'étais trop con pour faire la part des choses, trop con pour écouter les conseils de Sylvie, Blédard ou Gerbaulet. Trop con pour savoir compter. Trop con pour comprendre quoi que ce soit. J'avais tout bu, tout fumé, tout sniffé par égoïsme, par bêtise, par fainéantise. Cette idée de monter un bistrot était moisie depuis le début, ça m'apparaissait très clairement maintenant. Qu'est-ce qui m'avait pris ? D'où était-ce parti ? Ah oui je me souviens. Une tarte. Une tarte dans la gueule. C'était ça mon signe du destin ?

J'ai tourné le flingue vers moi. J'ai posé le canon sur ma tempe et j'ai éclaté de rire.

A PROPOS DE L'AUTEUR

J'écris, beaucoup, dans beaucoup de domaines : polar avec le livre que vous tenez dans les mains, nouvelles noires avec le recueil à paraitre fin 2015, et, toujours à paraitre, pièces de théâtre et scénarios pour le cinéma. J'écris également sur la musique, la formation, le marketing (sans s'emmerder) et très bientôt les robots.

www.valerybonneau.com

contact@valerybonneau.com

Valéry Bonneau

DU MÊME AUTEUR
Mais pas aux mêmes éditions

Le marketing (sans s'emmerder)
Editions Maxima

A paraitre
Recueil de nouvelles (très) noires